比翼は万里を翔(かけ)る

金椛国春秋

角川文庫
22553

比翼は万里を翔る

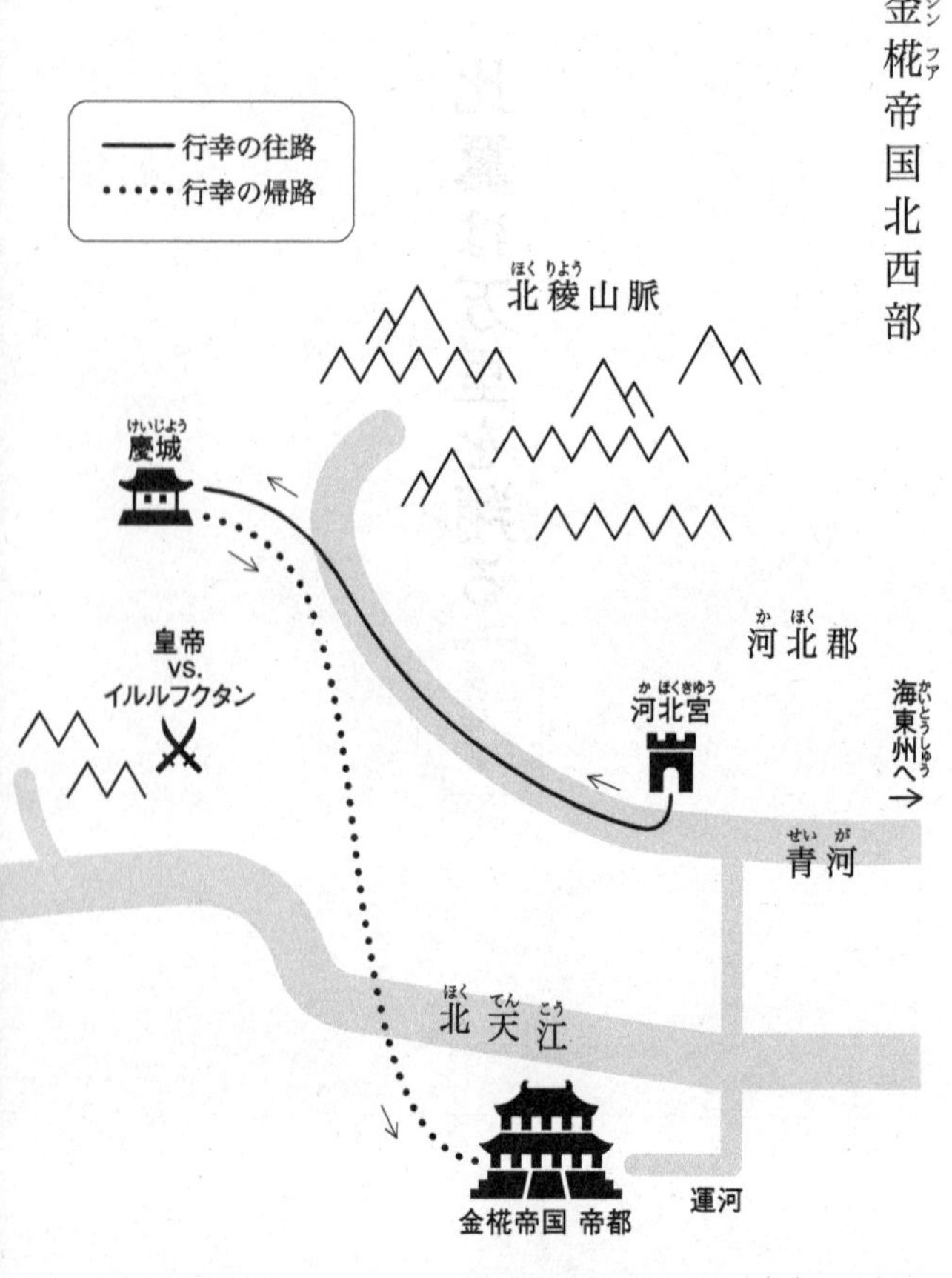
金椛帝国北西部
行幸の往路
行幸の帰路
北稜山脈
慶城
皇帝
vs.
イルルフクタン
河北郡
河北宮
海東州へ
青河
北天江
運河
金椛帝国 帝都

大可汗(だいかがん)の王庭
河西郡(かせいぐん)
康宇国(こううこく)へ
楼門関跡(ろうもんかんあと)
(方盤城跡(ほうばんじょうあと))
天鳳行路(てんぽうこうろ)
砂礫灘(されきなだ)
烽火台
嘉城(かじょう)
金椛軍
vs.
朔露軍
朱門関(しゅもんかん)
天竺(てんじく)へ
天鋸行路(てんきょこうろ)
遊圭
vs.
イルコジ

N

おもな登場人物

星 遊圭(せい ゆうけい)……名門・星家の御曹司で唯一の生き残り。
生まれつき病弱だったために医薬に造詣が深い。
書物や勉学を愛する秀才。

明々(めいめい)……少女のときに遊圭を助けたことから、後宮の様々な苦労を共に乗り越えてきた。現在は遊圭の婚約者。

胡娘(こじょう)(シーリーン)……西域出身の薬師で、遊圭の療母。
星家族滅の日からずっと遊圭を助け、見守り続けてきた。
現在は玲玉に薬食師として仕えている。

陶 玄月(とう げんげつ)……皇帝陽元の腹心の宦官。遊圭の正体を最初に見抜き、後宮内の陰謀を暴くための手駒として遊圭を利用してきた。

ルーシャン……西域出身の金椛国軍人。游騎将軍。河西軍の総司令官。

ラシード……ルーシャンの配下。雑胡隊の隊長。

星 玲玉(せい れいぎょく)……遊圭の叔母。金椛国の現皇后。

司馬陽元（しばようげん）……金椛国の第三代皇帝。

蔡才人（さいさいじん）……安寿殿の内官。遊圭が後宮に隠れ住んでいたときの主人であり恩人。

天狗（てんこう）……遊圭の愛獣。外来種の希少でめでたい獣とされている。仔天狗の天伯、天月、天遊、天真、天天、天雲の母狗。

橘真人（きつまひと）……かつて遊圭を騙して命の危険に晒した、東瀛（とうえい）国出身の青年。

郁金（うこん）……玄月の侍童。雑胡の少年。

ユルクルカタン大可汗（だいかがん）……大陸統一を目論み、金椛国に侵攻してきた北の強国・朔露帝国の王。

イルルフクタン可汗（かがん）……大可汗の長男。楼門関(方盤城)に火を点け、破壊した。

イルコジ小可汗（しょうかがん）……大可汗の末子。劫河戦で遊圭の策に嵌まり、敗戦したことを恨みに思っている。

グルシ千騎長（せんきちょう）……大可汗の族子。一時、金椛軍の捕虜となり、遊圭と面識がある。

序

「ここはのどかだな。隣の西沙州ではまだ戦争が続いているというのに」

星遊圭は、河北宮と青河をつなぐ運河のほとりを散策しつつ、隣を歩く明々に話しかける。明々はそれまで頰にたたえていた微笑を引き締め、思案顔で言葉を返した。

「帝のお膝元が平和でなかったら、それはそれで深刻だけどね。河北郡にまで戦が及んでいたら、娘娘も私も避暑についてこれなかったでしょうし」

「うん」

自分から持ち出した話題にもかかわらず、遊圭は明々の返答に上の空で応じる。夏の都が置かれる河北郡の空気や、隣の州で続いている戦争よりも、明々と自分にとってはより重大な話があるのに、なかなか切り出せないでいた。

遊圭は北の空に遠く霞む北稜山脈を仰ぎ見た。

北稜山脈の西端から南へと流れ出る青河は、ゆるやかな弧を描いて東へと向きを変え、河北郡を抱くようにして北稜州から隣の海東州を横断し、やがて東の海へと注ぐ。夏も冠雪を戴く北稜山脈を水源とする青河の水の冷たさも、河北郡の涼しい気候に貢献していると思われる。

とはいえ、真夏の陽射しに容赦がないのは河北も変わらない。日光が頰に当たれば、皮膚を焼くじりじりとした痛みさえ感じる。遊圭は明々のために日向を避け、柳並木の下を選んで歩を進めた。

皇室の直轄領のひとつである河北郡には、夏に金椛帝国の宮廷が移る北都があった。北天江の南に位置する帝都の夏は、運河や濠の多さから猛暑の季節には湿度も耐え難い。そのためほぼ毎年、皇帝と朝廷は北天江を渡り、さらにその北を流れる青河北岸の河北宮へと行幸し、山河の爽やかな空気に恵まれた北の都から政務を行う。

しかし今年は、皇帝一家が北へ移動することを危ぶむ声が多かった。

大陸の北と西、そして中央部を征服した朔露可汗国が、東の大国、金椛帝国へと食指を伸ばすこと三年。ついに西沙州河西郡に攻め込まれ、北西部最大の都市、楼門関のある方盤城を奪われて二年が経った。

楼門関を陥落して勢いを得た朔露軍の進撃を、金椛軍は河西郡の半分を削り取られながらも食い止めつつ、三百里ほど後退した都市の慶城を最前線の城塞として持ちこたえている。そしてこの春先の決戦において、金椛側にとってやや有利な状況で痛み分けとなり、西の辺境は盛夏にいたるまで双方睨み合いの小康状態を保っている。

星遊圭は、昨年の秋から慶城に赴任し、この初夏まで河西郡の太守、蔡進邦の幕友として秘書を務めていた。

河西郡の事情に通じた遊圭は、新任の蔡太守をよく補佐し、また旧知の友であるルーシャン游騎将軍を援けた。慶城を落とさんと攻めてきた朔露軍を、楼門関まで押し返せたのも、遊圭の地道な働きが功を奏したからでもある。

朔露軍の損害も甚だしかったらしく、大可汗は金椛側から申し出た講和の誘いに乗ってきた。停戦の条件が折り合わぬまま講和は物別れとなってしまったが、海東軍を率いる沙洋王の仕掛けた奇襲が効いたのか、ここしばらく朔露軍に侵攻を急ぐ気配はない。

星遊圭は金椛全土から続々と送られてくる援軍と、充実してきた慶城の防衛に、自分の役目は一段落したと判断した。蔡太守の私的秘書を辞し、皇后の叔母玲玉と婚約者の明々が待つ河北宮へと参内して、ひと月が過ぎようとしている。

「せっかく慶城から戻れたのに、浮かない顔だね」

明々は寂しげな笑みを浮かべて、考えに沈む遊圭を見上げた。

さほど身長差はないが、初めて会ったときの明々は、遊圭よりも頭ひとつ高かった。三歳かそれくらい年上と思われた勝ち気な少女は、いまはすっかり成熟した女性となって、遊圭の横に寄り添っている。

もう少し背が伸びることを願っていた遊圭ではあるが、いつも見上げていたような気がする明々が、いまは自分と目を合わせるために、かわいい顎を上げる仕草に微笑みを誘われる。

「うん。祝言が延び延びになって、明々とせっかく河北まで来てくれた李家のひとたちに申し訳ない。せっかく会えたのに、心配させるような顔をしてしまって、ごめん」

「まだ、日取りが決まらないの？」

失望の滲んだ明々の声に、遊圭は力なくうなずいた。

「どういうわけか、媒酌人を引き受けてくれるひとがいない。外戚とは関わり合いになりたくない風潮が、まだ朝廷に残っているのかな」

親戚のいない遊圭は、媒酌を依頼できる良家に縁故を持たない。帝都にいてさえそうなのだから、ほとんど知り合いのいない河北宮の周辺で、星家と李家の仲立ちを快く受けてくれる官人を見つけることは難しかった。

「北都に家族を連れてくる官人は、そんなに多くない。朔露の件が一段落したら、すぐにでも祝言を挙げることができると思っていたけど、うまくいかないものだな」

「無理して知らないひとに頼むくらいなら、祝言は都に帰ってからでもいいよ。父さんたちは、河北の宮へ旅ができただけでも、いい思い出になるでしょうし。星家のお邸を守っている趙夫妻も、本邸で遊々の祝言を仕切ることができたら、その方が喜ぶんじゃないかしら」

明々は気を遣ってそう提案したが、遊圭は首を横に振った。

「都に帰ってからでは間に合わない。つぎの論功行賞で、わたしは官位を得る。官人になってしまったら、良人の明々を正室に迎えることができなくなってしまう」

遊圭は立ち止まって明々に向き合った。

「わたしは明々を星家の正夫人として迎えたい。ずっと、そう思ってきたんだ。明々と祝言を挙げてはじめて、星家の再興が始まる。明々、いつまでも、どこまでも、ともに生きてくれるね」

明々は頬を赤らめてうつむき、それから息を吸い込んだ。顔を上げて遊圭をまっすぐに見つめる。

「もちろん。私もずっと、そう願ってきたんだもの」

遊圭は満面に笑みを広げて、明々の手を取った。

柳の枝がゆらゆらと風に揺れて、はらりと落ちた緑の葉が明々の髪に留まる。遊圭はその柳葉を払いのけようとして思いとどまる。そっとつまみ上げて指に挟み、手の中でもてあそびながら散策を続けた。

明々に触れたものは、柳の葉一枚ですら捨てたくなかった。

一、袋小路

先の朔露戦における功績によって、従七品上の官位と殿中侍御史の官職が内定している遊圭ではあるが、念願の明々との祝言が挙げられないまま、夏が過ぎてしまいそうであった。そこで、官位授受の日を延期できないかと、金椛の皇帝である司馬陽元に願い出ることにした。

河北宮では、帝都の宮城ほどには謁見の手続きが厳格ではない。遊圭はそれほど待たされることなく、執務を終えてくつろぐ陽元のもとへと通された。

「おお、游。ちょうどいいところに来た。ついてこい」

上機嫌で義理の甥を迎えた陽元は、遊圭が拝礼を終える前に、さっさと扉へと足を向ける。遊圭は歩きながら用件を話す羽目になった。臣下の耳目のないところでは、陽元はあらゆる儀礼を省略し、限られた自由時間を忙しく過ごす。まして天気の良い夏の日の午後に、屋内でじっとしていられないのが陽元の性質でもある。

陽元は河北宮の内廷と外廷の境にある庭園へと、遊圭を散策に連れ出した。官位拝受を先に延ばしたい遊圭の願いを、陽元は苛立ちを隠さずに却下する。

「そなたにはやってもらいたいことが山積みである。一日も早く辞令を受け、朝廷において対朔露戦の準備を図ってもらいたいのだが」

遊圭は緊張で唾を呑み込む。

陽元とは出会ってから六年あまりが過ぎていた。叔母の夫が気さくな性質であることはわかってはいるものの、なにしろ相手は万乗の天子である。陽元が遊圭に望んでいる任務は、身内の甘えで先延ばしにできる案件ばかりではない。

「わたしも今年で二十歳を数えます。家督の相続と任官の前に、延期されてきた祝言をすませておきたいのです。先方の家族も呼び寄せてあるのですが、媒酌人の手配がなかなかつきませんので、日取りがいまだ定まらず」

遊圭は正直に現状を打ち明けた。

自らの婚儀に媒酌人を頼める人脈を遊圭が持たないのは、つい六年前まで金椛の国法であった『外戚族滅法』のためだ。陽元の即位に伴って遊圭の叔母、星玲玉が皇后に選ばれたために、星家は族滅の憂き目を見た。玲玉をのぞけば、遊圭は星一族のたったひとりの生き残りである。

どの家でも、一族の安泰のために、嫡子の成人と結婚は十五歳を目安に定めるものであるが、家督の相続は二十歳と法律で定められている。星家は遊圭のほかに相続人がおらず、管財を任せることのできる近縁の後見人もいないために、これまで星家と荘園の所有権は遊圭に託されていた。しかし、遊圭が星家の大家として世間に認められるのは、二十歳の誕生日と正室を迎えてのちのことだ。

独身の官人ほど、金椛国の官界で軽んじられるものはない。姻戚によって得られる援助は、朝廷における発言力と出世の速さに直結する。外戚という皇室との姻戚関係は、もちろん余人の望み得る至上の縁故ではあるが、それゆえに敵も増える。

成人前に一族を失い、官界に人脈を持たない遊圭としては、少しでも足場を固めてから官人としての人生を始めたかった。

とはいえ、ただひとりの親族である玲玉の配偶者が、この国の天子であるために、叔父叔母とはいえ媒酌人を頼めるわけもなく、遊圭は多少は面識のある官人の伝手をたどって、媒酌人を求めてひと月を虚しく過ごしていた。

「あぁ、そのことか」

陽元は手に持った笏をトントンと顎に当て、ふと口を閉じた。

「実はな――」

陽元は遊圭から目を逸らして口ごもる。やがて意を決したように笏を握り直した。

公式の場でもないのに笏を持ち歩くのを、陽元が玲玉にたしなめられているのを遊圭は見たことがある。考え事があるとき、または落ち着かないときに、陽元が笏をもてあそぶ癖があることを遊圭はすでに学んでいた。

表情を引き締めつつも、話を切り出すことにためらいを見せていた陽元は、一呼吸の間を置いて口を開いた。

「明々を娶るのは、急がずともよいのではないか」

遊圭は目を見開いて、精悍で整った陽元の顔を見上げた。朝堂や教堂といった公の場では、そのような態度は不敬であっただろうが、招待された者しか足を踏み入れることのできない庭園での、私的な対面だからこそできる反応であった。

「いえ、任官の前に娶らなければ、明々を正室にすることができません。金椛の法では、官人が良人から正室を娶ることを禁じていますから」

陽元が法律を知らないはずがないとは思いつつ、遊圭は明々にも話した祝言を急ぐ理由をここでも繰り返す。皇帝といえど、すべての法を記憶しているわけでもないであろうし、まして後宮とはまったく在り方の異なる下々の婚姻について、興味や知識を蓄える機会が万乗の天子にあるはずもない。

「そなたの結婚については、話があるのだ。まあ、こちらへ来い」

奥歯に物の挟まった口調の、浮かない顔の陽元のあとについて、庭園の池にかけられた太鼓橋を渡り、対岸に建つ四阿へと足を踏み入れる。四阿では容姿に優れた女官や宦官が、茶菓の用意をして皇帝とその義理の甥を待っていた。

みないっせいに膝をつき、顔を伏せ、皇帝を迎える。

陽元は笏を帯に差し、榻のひとつに腰を下ろす。遊圭にも着座するよう勧めた。遊圭は年若い女官から手渡される茶を上の空で受け取る。宮中に上がって間もない女官らしく、皇帝の客に茶を差し出す手が少し震えている。

遊圭は茶をひと口ふくみ、四阿とその周囲を見回した。

「ここは——以前、わたしが河北宮を訪れたときに、翔太子の毬を探して迷い込み、休息中の陛下を煩わせ、玄月さんに叱られた四阿ですね」

陽元もまた、あらためて周囲を見回し、ふっと笑みを浮かべた。

「あれから——そうか。四年も経ったのだな。あの当時はまだ、朔露可汗とその軍は万里の彼方にあった。朝廷の誰ひとりとして、金椛の国土が脅かされることになるとは、想像もしていなかった」

「玄月さんと、ルーシャン将軍を除いて、ですね」

四年前の夏、国士太学へ入るための童試に備え、勉学に精一杯だった遊圭は、苦手な受験科目の詩賦を学ぶために、この河北宮に招かれていた。しかし幼い従弟たちに遊びをせがまれて、試験勉強よりもかれらの相手をする時間の方が長かった。

従弟らと打毬を楽しんでいたある日、翔が力一杯打った毬が庭園の塀を飛び越えた。毬を取ってこいという翔のわがままを持て余し、遊圭は庭園に無断で入り込む羽目になった。そして、こっそり忍び込んだ庭園のまさにこの四阿で、朔露可汗国が夏沙王国へ侵攻を始めたと、玄月が陽元に報告するのを漏れ聞いた。

その玄月は、先の楼門関の戦で行方知れずとなっている。

敵地に潜入し、人質を救出する作戦を果たした後、負傷した玄月は帰還できなくなった。隠れ場所を暴かれ朔露の捕虜となった玄月が、小可汗の妃ヤスミンに楽人として仕えているところまで突き止めた遊圭は、自ら敵陣へ乗り込んで玄月の救出を図った。

しかし、ようやく再会を果たしたその夜に、金椛の海東軍が朔露の本拠地へ奇襲をかけた。混戦のなか、身重のヤスミンを見殺しにできなかった玄月は、朔露の後宮へ引き返した。その後、遊圭は反撃に出た朔露軍を避けて逃げなくてはならず、玄月の消息はふたたび不明となってしまった。

ただ、ヤスミン妃は無事救出され、夫のイシュバル小可汗とともに西の史安市に移動したことを、最後まで方盤城に残っていたラシードが確認している。イシュバル小可汗は、河西郡にいた金椛人を捕虜として史安市に強制移住させるよう、大可汗に命じられていたことを考え合わせ、玄月もまた史安市へ連れて行かれたというのが、ラシードの推測であった。

陽元と遊圭は、同じことを考えていたかのように、しばらくの沈黙を保った。陽元は近侍の宦官が差し出した茶を口に運ぶ。それから顔を上げて遊圭に微笑みかけ、手つかずの茶を飲むように勧めた。

避暑地とはいえ盛夏ともなれば、戸外を少し歩いただけで汗が出る。喉の渇きを思いだした遊圭は、ぬるくなった茶を飲み干す。すかさず、そばの女官が次の茶を淹れて遊圭の茶碗に注いだ。

遊圭はまっすぐに陽元の顔を見て、話を元に戻す。

「わたしの結婚についてのお話とは――」

陽元は眉尻を下げた、少し困ったような表情で、話を切り出す。

「実は、そなたを婿がねにと願い出ている臣がいてだな」

遊圭はお代わりの茶にのばそうとした手を止めた。

「ですが、わたしはすでに明々と婚約しています。陛下からのお話とはいえ、他家からの縁談はお受けすることはできません」

きっぱりと断る。

「そなたはそう言うだろうとは、思っていた。ただ、星家の跡継ぎに婚約者がいることは、世間にあまり知られていないこともあってな。そなたが成人以来、あちこちの引き合いをすべて断り倒してきたことから、こちらにまで話が持ち込まれる」

精悍な頰に浮かべた微笑とは裏腹に、陽元の手がさまよい笏に触れる。皇帝の立場にあるかれでさえ、断ることをためらう筋からの縁談らしい。

遊圭はなんと応じれば不敬にならずにすむものか悩んだが、やはりここははっきりと言わねばならないと判断した。皇帝の口から相手の名が出ては勅令と同じことで、断ることができなくなってしまう。

遊圭はさっと席を立ち、膝をついて叩頭した。

「陛下のお気を悩ませ、まことに申し訳ございません。しかし、李家への結納はとうにすんでおります。あとは祝言を挙げるだけ。これを覆しては、両家にとって不吉で不名誉なことです。このお話は、聞かなかったことにさせていただけるでしょうか」

陽元は、遊圭のそのような返答を予測して、非公式かつ私的な場をもうけて縁談を切り出したのだろう。外廷の誰かが耳に挟んだら、不敬の誹りを免れないだけではなく、縁談を願い出た官家を侮辱したことになりかねない。

陽元は鷹揚にうなずいて、榻にかけ直すよう遊圭に命じる。

「そなたの決心が固いことは、よくわかった。私としては、正室は高貴の家から娶る方が星家のためにもなるかと考え、我が一存でこの縁談を握り潰すことをしたくなかった。だが、婚家の力に頼らず、そなたが己の才覚ひとつで官界を渡ってゆこうという覚悟は立派なものだ」

遊圭が畏まって礼を述べ終わるのを待たず、陽元は近侍らに退出するように命じた。かれらは茶器を捧げ持ち、衣擦れの音を立てて四阿から下がっていった。

陽元は膝をポンと叩き、口の中で「さて」とつぶやいて立ち上がる。

「論功行賞がすべて終わるまで、そなたの任官を延ばすことはできるが、それ以上は待たぬ。仕事は山積みである。さっさと祝言を挙げて官籍を取り、殿中侍御史として出仕せよ」

言い終えるなり、陽元はすたすたと四阿から歩み出る。退出せよとも言われず、またついてくるようにも言われなかった遊圭は中腰になって戸惑った。四阿の軒を出たところで日射しに目を細めた陽元がふり返ったので、遊圭はついていくべきと解釈してあとに続く。

散策の間は、主に朔露防衛論について終始し、門のところで別れた。

結局、祝言をすませるまでは任官の延期を、という訪問の目的は達せられなかった。

「ああ、こんなことなら、媒酌人探しに時間をかけたほうがよかった」

遊圭は頭を抱え、河北宮の外縁にある将校用の官舎へと、急いで戻った。

「うまくいったかい」

午後の暑さを避け、肌着と下穿きだけになって中庭で涼んでいた尤仁に迎えられる。

河北宮城の周囲に広がる城下町に、邸を下賜しようという陽元の提案を断って、遊圭は軍の官舎で寝起きしている。河北宮への参内に近くて便利であり、郊外にある星荘の邸はそれなりに大きいことから、城下に邸を構える必要を感じなかったからだ。

遊圭は冠も袖無しの褙子も脱ぎ捨てる。中着の衿を開いて、胸元へ風を扇ぎ入れながら、尤仁の横に腰を下ろした。

「だめだったよ。なんとしても媒酌人を引き受けてくれるひとを見つけて、すぐに明々と祝言を挙げないと、一生結婚に縁がなくなってしまう。まったく、こんなに外戚が嫌われているなんて、想像もしなかったよ」

尤仁に差し出された冷まし湯を喉を鳴らして飲み、遊圭は深くため息をついた。

「そのことだけどさ。外戚とか君が嫌われているんじゃなくて、横槍が入っているんじゃないかな」

尤仁が少しばかり声を低める。

そういえば、と遊圭は陽元が縁談を持ち出したことを思い出した。あまり気にとめなかったが、関係があるのだろうか。

「わたしの結婚に横槍を入れて、誰が得をするんだ?」

尤仁は手拭いで首筋の汗を拭きながら、少し興奮した口調で答える。

「外戚で、かつ二十歳で殿中侍御史だ。末は宰相や閣僚の席を約束された侍御史として官界に躍り出るような、将来有望な若者はそうそういない。しかも独身ときたら、引く手あまたで当然だ。当面の祝言を邪魔するだけでなく、君を婿に望んでいる官人同士で牽制し合っている可能性もあると思う」

尤仁の推測はあまりに馬鹿馬鹿しく思えたが、遊圭には笑い飛ばす余裕はなかった。暑さと、祝言を予定通りに挙げられないことから苛立ちが募っていた遊圭は、手に持った茶碗を卓に叩きつけるように置いた。

「冗談じゃない！　族滅されたときは、官家の連中は誰一人わたしを助けようとしてくれなかった！　蔭位で復位し、家督を戻されてから降るようにあった縁談は、流刑にされたとたんにピタリとなくなった！　地位を得れば腐肉にたかる蠅のように寄り集まり、失えば蜘蛛の子を散らすように離れていくような姻戚なら、羽振りのいいときは親戚面していても、失脚したらあっさり見放すだろう。血縁でなくても、わたしに地位があってもなくても、いつもそばにいてくれたのは胡娘と明々だけだ。明々が正室でないのなら、結婚なんてしない！」

子どものようにむきになり、駄々をこねる親友に、尤仁は苦笑を向ける。

「そしたら、星家の再興はどうするんだい？　誰に家を継がせるんだ？」

遊圭は口元をへの字に曲げて、ふんと呻った。

「そしたら、養子でもとるよ。子どもに恵まれない家は、どこもそうしているじゃないか。何人も妻妾を抱えていても、嫡子を授からない家は珍しくない」

「でも、そういう家は親戚から養子をとるじゃないか。でも、遊圭の親族は、さ」

尤仁は口ごもった。星家の一族は滅せられ、誰も生き残ってはいない。

「族滅を免れた、うんと遠縁の親戚を探し出して、来てもらうさ」

何代も遡って系図をたどれば、分家のそのまた分家というつながりで存続している星氏はあるだろう。星家の再興を知って、喜んで子どもを差し出す親には困るまい。だが、そうした星姓の人々はあまりにも遠縁か、本貫の異なるまったくの他人であろう。

遊圭としては意地を張っているつもりはなかったが、尤仁は苦笑を浮かべて首を左右に振った。

「尤仁の隊に、既婚者で媒酌人を務められる兵士がいないかな」

「そこまで媒酌人の格を下げていいのかい？　まあ、訊ねてみるよ。河北郡に集められた将兵のほとんどは、妻子を故郷に置いてきているから、難しいと思うけど」

遊圭は頭を抱えた。

両家の間に媒酌人を立てて、手続きを進めないと正式な夫婦にはなれない。それは身分の上下にかかわらず、どの階級でも同じであった。そうして結ばれた相手だけが伴侶であり、その後に第二、第三の妻や妾を娶っても、正室とは見做されない。

河北宮への行幸に、明々もついてきたことを知ったときは、すぐにでも祝言を挙げられると喜んだ遊圭であったが、いまはそれが枷になっている。都ならば、国士太学の恩師や太学在籍当時に交流のあった学生、あるいは蔡才人の父の蔡大人に仲介を頼めば、まだいくらかの伝手があったであろうに。

いまにも手の届きそうであった遊圭の祝言は、暗礁に乗り上げている。

行水をしてから着替え、薄い青が涼しげな麻の褙子を羽織り、行幸で賑わう城下街へとでかける。遊圭は足取りも重く、明々の両親と弟夫婦が滞在する宿へと足を運んだ。

李家の面々がゆっくりとくつろげるよう、そして婚礼の日には、新婦を送り出すのにふさわしい、立派な門を構える宿に、閑雅な離れの一棟を借りる手配をしたのは遊圭だ。

足下に仔天狗の天遊をまとわりつかせつつ、軒下の花壇に水を遣っていた明々が、笑顔で遊圭を迎える。

「おかえり、遊々」

天遊は明々よりも先に遊圭に駆け寄って、その裾に爪をかけた。遊圭はしゃがみ込んで天遊を抱き上げ、顎の下から頬を撫でてやる。

「ちゃんとわたしのことを覚えているんだね。やはり天狗は賢い生き物だ」

天遊は遊圭が明々に譲った、天狗の仔のうちの一匹だ。出産を前に、心身の健康の優れない蔡才人を看護するために、明々が後宮へ上がることになったとき、遊圭は天遊を連れて行くように明々に勧めた。

その後は河西郡に出向することになった遊圭は、明々はもちろんのこと、天遊にも長いこと会っていなかった。

「小さいときに世話をしたり、遊んだりしたのは遊々だし、遊々の服は、母天狗の匂いもするからじゃないかしら」

「主に仔天狗たちの世話をしたのは橘さんだけどね。天狗の匂いがするかな」

遊圭は袖や衿をつまんで、匂いを嗅いでみる。そこで、叔母に譲ったもう一匹の仔天狗のことを思い出した。

「そういえば、天天は元気にしている？　翔太子の扱いが荒いってことはないかな。子どもは小さな獣を乱暴に扱うことがあるって、叔母さまが言っていたけど」

「それを理由に、西方に旅立つ遊々に天狗をお返しになったことがあるでしょ？　だから翔太子さまは反省なさって、天天をとても大切に可愛がっておいでよ。後宮では、天遊とも仲良くできたから、天遊も天天も寂しくなくて、ちょうど良かったと思う」

　そのような話を聞けば、数千里も遠く離れた、戴雲国の少年王ツンクァに譲った天雲のことも思い出される。たった一匹で遠い国へやってしまったが、元気でいるだろうか。とはいえ、天狗とその番となった野生の天狗が出会ったのは戴雲国であったので、金椛国では稀少な獣とされている天狗の生息地は、天鋸行路のどこかなのだろう。同種の獣と出会い、番を見つけることのできる確率は、天遊や天伯よりも高いことが救いだ。

「日射しもきついなか、大変だったでしょ。中でお茶にしましょう」

　明々はにこにこと遊圭を屋内へ導く。

「河北宮に参内してきたんでしょう？　主上のご機嫌はどうだった？　大后さまと御子さま方は？」

「今日は陛下にお目通りが叶っただけだ。慶城行幸の予定は変えられないから、なんとしても期日までに祝言をすませて官職に就くようにと、逆に釘を刺されてしまったよ」

　この期に及んで他家との縁談を持ち出されたなどとは、口が裂けても言えない。

遊圭は明々の両親に挨拶して、祝言の日取りが定まらない近況を伝えた。田舎の純朴な良民である明々の父母は、婚期をとうに過ぎた自立心の強い娘が、外戚で官家の遊圭に求婚されたというだけで恐縮しきっており、遊圭が頭を下げると「いやいや、まあまあ」と強く出ることはない。

しかし、かつて遊圭とは幼名で呼び合う仲であった明々の弟は、はっきりと物を言う。

「ちゃんとした官家の偉いひとが媒酌人を務めるだろうと思っていたから、うちではなにも用意してこなかったんだよ。ずいぶん急かして連れてこられた上に、いまになって誰も引き受けてくれないから、祝言を挙げられないって言われてもねぇ。知り合いでもない兵士に媒酌を頼むくらいなら、うちの村から誰か連れてきたのに」

「阿清、申し訳ない」

不機嫌な口調で遊圭の不手際を責める阿清に、遊圭は返す言葉もなく謝罪する。

「もう『阿』は要らないから、清でいいよ。義兄さん」

家族になることが前提であり、どちらもすでに成人しているのだから、愛称でなく本名で呼べと促す。しかも、体格も良く日焼けした清は、すでに妻を迎えて一子をもうけており、貫禄と落ち着きは遊圭よりもはるかに年上に見えた。

「そんなの、河北宮に来る前はわかんなかったんだから、仕方ないじゃない」

間もなく一歳になる甥っ子を膝に乗せてあやしながら、明々は弟をたしなめる。父親と伯母の尖った語調に、幼子はおとなたちの顔色を窺う。父親の不機嫌を察した幼子は明々の膝を下りて、這い這いで母親の膝へと移動した。母親は息子を抱き上げ、乳をやるために部屋を出て行く。

幼子を愛しげに抱く若い母親の後ろ姿に、遊圭は陽元の内官のひとり、蔡才人とその赤子を思い出した。

宮刑を受け宦官となった許嫁の陶玄月を追って、後宮へ飛び込んだ蔡月香であったが、意に反して内官の才人に昇進し、玄月の不在中に皇帝陽元の子を宿してしまった。生まれてくるのが男子であれば、蔡才人はわずかでも帝位を継ぐ可能性のある皇子の母となり、後宮を出て玄月と結ばれることが叶わなくなる。そのため、蔡才人は元許嫁への操だてに堕胎を試みたが、失敗した上に事が露見してしまった。

本来ならば、貴種の堕胎という蔡一族に累の及ぶ罪を、陽元は不問にした。玄月が陽元の幼馴染みで、腹心の側近宦官であったことが陽元の寛恕を得た。陽元はそうするほどの借りを、玄月に負っていた。

産み月よりも早く蔡才人が産み落としたのは、男の赤ん坊だった。絶望する蔡才人を気遣い、陽元と玲玉は蔡才人の赤子を皇族に数えないこととした。城下のいずこより拾ってこさせた乳児の死骸とすり替えさせ、密かに養子に出させたという。

平時でさえ、市井には棄て児があふれている。まして西部から難民の押し寄せてくる昨今、病死した乳幼児の替え玉には事欠かない時勢であった。

このようなとき、李清とその若妻が一子に恵まれ、幸せそうに家庭を築いているところを見るのは、心が温まる。朔露軍を相手に、戦場を駆け回ってきた甲斐があるというものだ。

　しかし、大事な人々の住む祖国を守るために命を削ってきた玄月や自分が、なかなか愛する者と結ばれないのは理不尽な気がしてならない。

「錦衣兵にも適任者がいなければ、明日は星家の荘園に行って家宰に土地の父老を紹介してもらう。そしたらあさってにでも祝言を挙げられる。準備そのものは、整っているのだから」

　明々の両親と清には、帝都のある北天江以南よりも、涼しく過ごしやすい河北郡の夏を堪能してもらうよう再度の詫びを入れて、宿を辞去した。門まで送りに出てくれた明々が、弟の態度を謝り、申し訳なさそうに微笑む。

「両親も阿清も、畑が心配なの。この季節は雑草がすぐに伸びちゃうでしょ。私が後宮でもらった給金や、結納のお金で畑番を雇ったそうだけど、他人には任せられない性分なのかなぁ」

　清は両親の気持ちを代弁しただけだと、遊圭にはわかっていた。両親としては、遊圭を怒らせて明々との婚約を破棄されるくらいなら、数日は河北郡に留まるのはやぶさかではないが、農繁期でもある家のことが気になるのだろう。作物の育ちが気になる両親の不安は、都会育ちとはいえ、かつては療母のシーリーンと薬草園を育てていた遊圭にも理解できる。

「ここまで呼びつけておいて、待たせっぱなしなんだ。こちらこそ申し訳ないよ。蔡太守には紹介状まで書いてもらったのに、官人は誰も引き受けてくれない。外戚（がいせき）ってのは、そこまで嫌われているものなんだって思い知ったよ。官界の鼻つまみ者を夫に持ったら、明々に要らない苦労させるんじゃないかって、心配になってきた」

「私は大丈夫。遊々のことを思えば、どんな苦労だって、苦難だって、それこそ危険だって、乗り越えてこれたもの。あとちょっと待つくらい、なんてことないから」

　遊圭の手をとって微笑む。暑さのために、少し湿った明々の手の温かさに、しみじみとした幸福感が遊圭を満たしてゆく。

「次の吉日は四日後だったね。その日には必ず祝言を挙げよう。明日荘園に行ったら、明々の部屋もちゃんと整っているか確認してくるから」

　そう約束して、その日は別れた。

　尤仁（ゆうじん）の配下でも、適切な人材が見つからなかった。遊圭は翌朝、日が昇る前に官舎を出て、愛馬の金沙（きんさ）に乗って東へ進む。星家荘園までは馬の並足でおよそ半刻の道のりだ。金椛宮廷が河北宮にある夏は、遊圭はこの荘園から朝堂に通うことになるのだろう。正室となった明々が、未明に登城する遊圭を送り出すところを想像し、胸が高鳴る。国士太学を休学したときに、陽元から賜った荘園ではあるが、三年ものあいだ家宰任せにしてあり、遊圭は一度も訪れたことがない。官位もなく官職にもついていない遊圭を家長とする、星家の使用人たちを養うことができているのは、この荘園あってこそだ。

都の邸（やしき）を預かっている趙夫妻が、邸の維持や生活に困っているようすも聞かないことから、荘園そのものは順調に運営されているのだろう。

　星家荘園とその邸は小ぎれいに整っていた。星家に長く仕えてきた下男の潘竹生（はんちくせい）を、何日も前から遣わして、祝言の準備をさせてきたのだから当然ではある。しかし、都へ一度だけ挨拶に訪れた家宰しか知る者のない荘園が、自分のものだという実感は遊圭には薄い。

　長らく主人不在であった荘園の家宰と使用人たちは、過不足のない礼を以（もっ）て遊圭を迎えた。彼らの態度がよそよそしく感じられるのは仕方がない。外戚族滅法をただひとり生き延びた星家の嫡子、十代半ばで童試に受かって国士となるほど優秀でありながら、翌年には流刑になってしまった星家の跡取りを、好奇の目で見るなという方が無理であろう。

　四十代も終わりと見える家宰は、遊圭を書斎に案内した。

　遊圭は早速、祝言を数日後に控えて媒酌人が見つからないと相談する。

「このあたりの父老を紹介してくれないか。しかるべき家を構えていて、夫婦でわたしたちの仲立ちをしてくれるような。謝礼はいくらでも用意する」

　髻（もとどり）を結うにも前髪の後退した額を撫（な）でながら、家宰は困惑の表情を向ける。

「結納のときに、媒酌人を立てなかったのですか」

「いちおう、都の知人に仲立ちはしてもらった。ただ、もう二年も前のことだ。しかもわたしはすぐに都を離れなくてはならなかったり、その人物も地方へ出向したりと、連絡がつかない」

都にいた当時、都や官界のしきたりに関しては、蔡才人の父親、蔡大人の縁故を頼りにしていたが、蔡才人があのようなことになっているいま、外戚の自分としては声をかけづらくもある。皇子の外祖父となる夢が断たれた蔡大人が、外戚として出世の約束された遊圭に力を貸してくれるだろうか。それでなくても、元許嫁が戦場で行方不明となり、望まぬ子を産んだ娘の心身を思えば心労もあるだろう。

「それに、都の知り合いでは、距離がありすぎて、任官に間に合わない」

「はあ。でも、天子の義理の甥御様の媒酌人は、さすがに畏れ多くて庶人では名乗り出る者もおりますまい。とりあえずは、声をかけてみますが」

家宰はそう言い残し、急ぎ足で出て行った。下男の竹生が書斎まで茶を運んできた。

「荘園の使用人たちとは、顔見知りになったかい？　竹生」

「ええ、邸内の連中とは顔合わせはしました。荘園の小作人たちは、仕事をしているのを見てきただけですが。都の趙爺さんがたびたび訪問して、大家が必要であればすぐにでも滞在できるように邸を整えているか、目を光らせてたそうです」

竹生のあとについて入ってきた使用人が持ち込んだ水桶で、足を洗う。履き物を室内用に替えて、竹生の案内で邸を回った。田舎さびた感じはするが、都の邸よりも間取りは広いかもしれない。長く使用する主人のいなかった書斎には埃ひとつ落ちておらず、書机には金箔の松を張った漆塗の箱が置いてあった。蓋を開くと、新郎から新婦への最初の贈り物となる、赤を基調とした真新しい錦織張りの靴が並んでいる。輿入れしてきた明々の足下にひざまずいてこの靴を履かせることを思うと、ひとりでに顔が赤くなる遊圭だ。靴の箱を直し、こちらも新品の調度と寝具の用意された寝室へと移動する。内装と寝台を見回し、早く明々を連れてきたいと期待がふくらむ。

そこへ、竹生が水を差すような言葉を投げかけた。

「それにしても、月の半ばには祝言を挙げて、いまはここで新婚生活をしているはずだったんですよね。吉日が巡る度に、邸の台所方がごちそうを用意して張り切っているんですが、取り寄せた食材が無駄になってるって嘆いています。まあ、みなで食べるので、無駄にはなってないんですけどね」

主人が長く不在で散財する者もいないせいか、星家の蓄えにはかなり余裕があるらしい。使用人たちの衣装にみすぼらしいところはなく、顔の色艶もよいところから、食事にも苦労はしていないのだろう。むしろ戦場暮らしの長かった遊圭の方が、病がちな面差しに肉付きのよくない体格など、貧相な印象を与えているような気がする。

媒酌人探しが難航していることは、竹生も知っている。誰に持ちかけても辞退されるものだから、遊圭が自身の不人気ぶりに、ひどく落ち込んでいることも察する竹生だ。

「もっと簡単に見つかると思っていたよ。太学にいたときに書いた朔露論が評価されたり、戦場では英雄扱いされたりして、いい気になっていたようだ。世間は甘くない。任官の日を延ばしてもらうよう陛下にお願いしに参内したら、別口の縁談を勧められる始末だ」

　遊圭は嘆息した。

「帝が大家（ターチャ）に縁談を持ちかけたんですか？　だったら星家や大家ご自身に人気がないってことはないと思うんです。むしろ、その縁談の相手が、自分の娘を大家に嫁がせたくて、明々さんとの結婚を邪魔しているんじゃないですか」

「河北宮にいる官人全員が怖がって、明々とわたしの媒酌人を辞退するほど、睨（にら）みを利かせられるような大官が、わたしを婿にしたいって？」

　遊圭は目を丸くして竹生を見つめ、手を左右に振って笑い飛ばした。

「ないない、それはないよ。そんなやり方で娶（めあわ）されたら、夫婦仲がうまくいきっこないじゃないか。その大官の娘が気の毒だ」

　遊圭にはとうてい思いつかない筋書きだ。しかし、竹生と尤仁（ゆうじん）が同じ想像をめぐらしていることに、遊圭はかれらの想像が妄想ではないような気がしてきた。

「でも、帝に口を利いてもらえるほどのお偉いさんですよ。なんでも思い通りになるとふんぞりかえったお大尽かもしれません」

　家族ぐるみで星家に仕えてきた竹生は、星一族が族滅させられたのち、数年を流刑先で過ごしたほかは、都に戻って庭仕事と雑用、遊圭の身の回りの世話に明け暮れてきた。学はなく、実直さと勤勉さだけが取り柄の下男だ。それが遊圭の受難の原因について、頭を働かせている。遊圭より四、五歳は年上なので、ひとづき合いの機微については年の功で見えてくるものがあるのかもしれない。

遊圭は頰杖をついて、前日に会見した陽元の表情と言葉を、ゆっくりと思い返す。

あの闊達な陽元が、縁談を持ち出すのをためらうように、ときどき口を閉ざして言葉を探すような話し方をしていた。わざわざ陽元に遊圭の婿がねを願い出るほどであるから、相当な地位にある官人であろう。

ぼんやりと記憶にある、三品以上の尚書や大官らの、陽元と会見できる高官の顔を思い浮かべる。

遊圭の弱みは、朝廷における人脈がほぼないことだ。蔡才人の叔父で、亡父とは同窓であったという蔡太守と、国士太学時代に多少の交流があった学生くらいで、陽元を囲む朝廷の重鎮たちとのつながりはない。だから、陽元を動かしてまで遊圭を婿に欲しがるような人物に、まったく心当たりがなかった。

しばし考え込んだ遊圭だが、陽元に縁談をもちかけた人物を特定して、妨害工作の妨害にかける時間はない。明々との身分が分かれてしまう任官の期日までに、朝廷の利害関係とはかかわりのない階層の人物を見つけだし、祝言を挙げてしまわないと、明々とは夫婦になれなくなってしまう。

叔母が皇后である以上、そして朔露軍の脅威がいつ盛り返すかわからないいま、遊圭は庶人として生きるわけにもいかないのだ。

午後遅くなって帰宅した星家荘園の家宰は、埃を落とす間もなく遊圭の書斎に呼び出された。まる一日の外出で、赤く日焼けしてしまった広く艶やかな額を撫で上げ、家宰は首を横に振った。

「星家の名を出したとたんに断られるんですよ。大家(ターチャ)、何かやらかしたんですか」

帝都から遠く離れているとはいえ、夏の朝廷が置かれる河北郡だ。土地の父老も中央の人事に疎いということはない。遊圭の結婚には妨害の手が伸びているという尤仁(ゆうじん)と竹生の推測は、あながち間違っているわけでもなさそうであった。

遊圭は部屋着を脱ぎ捨て、朝に脱いだ乗馬靴を持ってくるように竹生に命じた。

「陛下にかけあってくる!」

政略のために、伴侶(はんりょ)の決まった遊圭の結婚を邪魔する官僚の正体を突き止め、はっきりと断ってしまえばいいのだ。

気の毒な金沙馬は、早朝にはのんびり歩き通した道のりを、日暮れ時の復路は、ほぼ駆足で河北宮へと走り抜けなくてはならなかった。

二、ふたつの岐路

荘園へと遊圭が河北宮を出立した朝、明々は玲玉に呼び出されて後宮に上がった。

滞在中の家族と過ごす時間も大切ではあるが、長く勤めてきた宮中では、明々の手を必要とする案件がいくつかある。初めての（そしておそらく最後の）我が子を手放し落胆する蔡才人の話し相手、皇子皇女たちの子守、玲玉の専属薬食師シーリーンの助手、そしてやがて義理の叔母となる玲玉との交流。

ひとりひとりとのつながりは、その関係が政治的な意味を持つ以上に、明々にとっては大切な友人であり、遊圭と生きていくためにかけがえのない絆である。

この朝、明々は玲玉の居間に通されたが、いつもは子犬のようにじゃれ寄ってくる子どもたちの姿はない。玲玉の硬い笑みに、祝言かあるいは遊圭の任官後の人事にかかわる大事な話であろうと、明々は推察した。

近侍の宮官に茶を淹れさせ、人払いをする。室内に誰もいなくなってから、玲玉はおもむろに切り出した。

「祝言の日取りが延び延びになっているとか」

憂い顔の玲玉に、明々はうなずき返す。

「媒酌人を引き受けてくださるご夫婦が、見つからないのです。いまだに外戚の立場って難しいものなんですね。朔露との戦いでは、遊々は天鋸行路でも楼門関でも、それなりの成果を出しているのに」

朝廷における遊圭の立場の危うさを思い、明々は不安になってくる。大勢の官僚の思惑が入り乱れる世界で生きる遊圭を、自分は支えきれるのだろうかと。

玲玉はゆるやかに首を横に振った。

「朔露との戦いで游(ゆう)が果たした功績は、朝廷でも評価されています。むしろ、外戚であることをひけらかさず、一庶人として貢献してきた謙虚さを、好ましく思われているとも」

明々は悔しくなって、膝(ひざ)の上においた拳(こぶし)を握りしめる。

「では、私の身分が釣り合わないんでしょうか」

良人(りょうじん)と官人の結婚は法で禁じられている。遊圭が一度は手にした国士という官籍を手放してから、何度も機会のあった任官を断り、良人の身分のまま朔露戦に臨んできたのは、明々との結婚をあきらめなかったからだ。

玲玉は言葉を選びつつ、まだ暑くもなっていないのに手に持った団扇(うちわ)で首を扇(あお)いだ。

「わたくしはそうは思いません。官僚といえど、はじめは良人であったわけですから」

金椛(ジンファ)王朝では、登用試験を受けて合格しなければ官人にはなれない。それは代々官人を輩出してきた官家に生まれてきた者でも同じことである。官家とは一代限りのものだ。二代目には蔭位(おんい)の特典もあるが、蔭位からの官界入りでは昇進に頭打ちの傾向があり、さほどの旨(うま)みはない。

世襲貴族が権力を蓄えて政治を独占しないための仕組みではあったが、現実は初代の官人が獲得した権利を維持するために、官家に生まれた男子は有無を言わさずに受験のための猛勉強をさせられる運命を背負っている。

庶民といえども、独立した戸籍と自らの土地や資産を持つ、良人と呼ばれる階級にあれば、官僚への道は開かれている。そして、官人、良人にかかわらず、成人とともに結婚することが慣習となっている金椛国では、十数年の試験勉強ののち、ようやく官位を得たときにはすでに妻帯者というのが普通であった。

良人同士で結婚し、夫が晴れて官人になれば、妻も官家の人間になるのである。

遊圭自身が良人の身分に留まっていられるのはあと数日。その焦りをひしひしと感じている明々もまた、内心ではひどく気を揉んでいた。

玲玉は涼しい部屋で団扇を扇ぎながら、ひどく言いにくそうに訊ねる。

「その、明々は正室の座にこだわりがありますか」

一瞬、問われた意味がわからず、明々はきょとんとした顔つきで玲玉を見つめ返す。

明々の実家は地主ではないが、一家を養いつつ税も払える土地を所有する農家である。弟の清は継ぐべき田畑と家があり、体調のすぐれぬ両親に代わって働いてきた弟夫婦の努力と、明々がかつて経営していた薬種屋から得た蓄え、さらに後宮働きの手当も併せれば、一、二年くらいの不作なら乗り越えられる財産もある。

だが、李家の規模であれば、家政は妻がひとりいれば切り盛りできる。明々は遊圭と夫婦になって、睦まじく暮らしていく未来を夢見ることはあっても、そこに複数の女たちが並ぶことは想像したことがなかった。

「こだわりというか……とりあえず結婚できたらそれで幸せかなと――」

考えのまとまらぬまま、曖昧な返事をしてしまう。すると玲玉はほっとした面持ちとなって微笑んだ。

「では、側室では嫌だとか、そういうことは？」

話の流れが見えない。明々は思考が働かなくなり、言葉に詰まる。

「私を側室にしたくないのは、遊々の気持ちです。私はその、遊々の求婚になかなか返事もできませんでしたし、年上ですし、その、私から結婚についてああしたいとか、こうでないといけないとか、遊々に押しつけたことはありません」

ゆらゆらと動かしていた団扇をぴたりと止めて、玲玉は安堵の笑みを浮かべる。

「明々は游より年上ですから、物事がより広く見えるのですね。蔡才人のいたわり方もとても細やかで、子どもたちのしつけも理と情に適った、心配りが利いています」

思いがけなく褒められ、持ち上げられて、明々はどきどきした。遊圭の妻として認められているのだと嬉しくなる。だが、正室だの側室だの、どういうことだろう。祝言を挙げて早々、遊圭に側室をとらせろということだろうか。星家には跡取りが必要であるし、明々の年齢を考えれば、無理をさせたくないと玲玉は考えているのかもしれない。

「それでは、現在の游の立場を、少し高い処から広く眺めてみてもらえますか」

玲玉は団扇をそばの小卓に置いた。美しく手入れされ、金と玉で飾られた手指を明々の前に広げる。

一族を失い、朝廷におけるたったひとりの星大官として、陽元の片腕となり、翔皇太子の後ろ盾となる責務を背負わされることになる遊圭。

頼りになる有力な姻戚も、同等の官位にある懇意の官人もいないまま、官僚たちの不正に目を光らせる侍御史（じぎょし）の職責を遂行する難しさ。

「遊々には、朝廷に味方がいないということですか」

「いまのままでは、ね。それでも仕方がないとは思っていたのです。わたくしと子どもたちが生きる場所はここにしかないのですから。もしも、游が野に下り、庶人として生きたければ、それを止めるつもりも、責めるつもりも、わたくしにはありませんでした。でも、游は宮廷に留まり、わたくしたちを守りたい、と言ってくれました」

玲玉は困ったように微笑む。

「明々も、わたくしたちも守りたい。その上で星家を再興したい。游は欲張りですね」

それは、両立し得ないことなのだろうか。

「游ひとりの力で、その願いを成し遂げることはとても難しいでしょう。游には朝廷における味方、後ろ盾となる有力者が必要です」

そこまで言われれば、明々にも察しがつく。いや、それはずっと明々の頭の隅にあったことだ。求婚される前から、あるいは、後宮にふたりで隠れ住んでいたときから。

遊圭が星家を再興するために必要なのは、官界における人脈であることが。

「もちろん、わたくしも主上も、游とあなたの気持ちを無視してまで、横車を押したいとは思いません。ただ、あなたがたのより安定した未来を考えて、もうひとつの選択肢があることを伝えないまま、游に持ち込まれた縁談を握りつぶすことは公平ではないと考えるのです」

明々は膝の上に置いた拳を開き、両手を重ねて握りしめる。

「遊々に、よいお話が来ているのですか。うんと名門のお姫さまとか」

「この上なく、それこそ願ってもない名家から、主上に申し入れがありました。先方から、游の人柄と将来性を見込んでのお話です。主上の一存で断るわけにもいきませんので、游には昨日この話をお伝えになったそうですが、明々は游から聞いていますか」

明々の手がピクリと動く。昨日の遊圭は、そんなことはひと言も口にしなかった。

「聞いていません。遊々は、なんてお返事をしたのでしょう」

「即座に断ったそうです。游らしい」

玲玉は爪を桜色に染めた指先を口に当てて、小さく笑う。

「あの、媒酌人がなかなか見つからないのも、そのせいですか。とても偉い人が、私と遊々の結婚を邪魔しているとか……」

玲玉は眉間に指を当てて、かぶりを振った。

「そのような姑息なことをなさるお方ではありませんが、あの方が游を婿に欲しいとひと言漏らせば、周囲が忖度して噂を広め、媒酌人を辞退することはあり得ます」

明々は内心でげっそりしてきた。そんな回りくどいことをして、若く世間を知らない恋人たちを翻弄する官界を、自分たちは渡りきっていけるのだろうか。

「つまりとても偉い方のお姫さまを遊々が娶るのに、田舎娘の私が正妻であるのは、不都合なのですね。この祝言が流れて、遊々がしかるべき名家の姫君を正室に迎えるべきと、大后さまも主上もお考えなのだと」

玲玉はゆるゆると首を振った。

「そうではありません。族滅を生き延び、生死の境目にあった遊を助けてくれた明々に対して、わたくしたちは祖先と子々孫々までの恩義があります。だからこそ、ここで有力者からの申し出を断ることは、あなた方にとって有利ではないことを伝えておく義務が、わたくしと主上にはあるのです」

脅しでなければ、警告であった。遊圭を婿にふさわしい将来有望な官僚と見做しているその人物は、その一方で星家の嫡男を身内に取り込めないとなれば、目障りで危険な政敵となると考えるだろう。

「明々、游がこの朔露との戦で頭角を現し、出世の糸口をつかんだことは星家にとってはめでたいことです。しかし、禍福はあざなえる縄のようなもの。游の才覚を見込んで、あるいは妬んで、さまざまな波紋が宮中に広がりつつあります。これまでの功績が吉と出るか凶と出るか、誰にもわかりません。いまは、游を婿に望む方の本心がどこにあるか、それをわたくしも主上も見極めねばと思うところです」

明々は、はっきりと物事を筋道立てて考えられないまま、その人物の名と地位を訊ねた。

「海東郡の沙洋王さまです。お相手は今年十五になられる凰華郡主」

明々は頭に岩でも落ちてきたような衝撃を感じた。官僚どころではなく、皇族である。その娘の郡主は、公主に次ぐ高貴な女性だ。正真正銘の姫君。さすがにそのような相手を側室として置くわけにはいかない。たとえ明々がすでに星家の正室としておさまっていたとしても、話が進めばその座を退いて第二夫人となり、郡主を正室として仰がねばならないだろう。

明々は胸が痛くなるほどの鼓動をこらえながら、膝の上で絡ませた指を見つめる。

「あの、私は側室とか、そういうのでいいと思うんです。あの、正室だといろいろ大変じゃないですか。よくわかりませんけど。使用人が何人もいる家を取り仕切ったり、官家同士の交際とか、私ではいたらないんじゃないかなって。薬食の勉強とか、続けたくても、できないだろうし――」

声が震え、言葉が喉に詰まって、出てこなくなる。これ以上ここにいたら、泣き出してしまいそうだ。明々はぎゅっと自分の手を握り、顎を上げた。

「あの、考えさせてください」

「ええ、もちろんです。話を受けるにしろ、あなた方の意志を通すにしろ、どちらを選ぶにしても、覚悟は必要です。よく考えて結論を出してくださいね」

明々は立ち上がり、退室の礼をとる。入り口でふり返り、蔡才人を見舞っても良いかと訊ねた。

「ええ、もちろん。かまいませんよ。わたくしの許可などいりません。いつでも蔡才人に顔を見せてあげてください」

明々はふたたび丁寧に揖礼をして、その場を立ち去った。

子どもたちはどこにいるのか、遊び騒ぐ声も聞こえない。翔太子と駿王は別の殿舎で学問でもしごかれているのだろう。幼い皇子や皇女は、昼寝中かもしれない。

のどかな離れの宮を訪れた明々は、侍女に取り次がせて蔡才人の部屋へ足を踏み入れた。

静かな夏の日射しのなか、蔡才人は中庭に出した小卓を前にひとりたたずみ、西の空を眺めている。明々の足音にふり向き、儚く微笑んだ。

「祝言の日取りは決まったの？　こんなところに顔を出している時間なんてないでしょうに」

明々は微笑み返し、口を開いたが、挨拶の口上を舌に載せる前に、両眼からほろほろと涙の滴がこぼれる。蔡才人が驚いて明々の肩を引き寄せた。

「どうしたの、祝言の前に泣くなんて、不吉なことをしてはだめでしょう」

「その祝言、ないかもしれないです」

そうはっきりと言葉にしたとたん、涙が止まらなくなった。嗚咽で話もできない明々の気持ちが落ち着くまで待った蔡才人は、侍女に濡れた手巾を持ってこさせて、明々の顔を拭いた。

明々の話を聞き終えた蔡才人は、ただ深く嘆息して、言葉もない。

「それは、なんだか八方塞がりね」

理不尽な成り行きに、明々のために怒るのではないかと思われた蔡才人だが、思慮深く言葉を探す。

「主上のなさりようには腹が立つけど、万乗の天子なのに沙洋王の横車を押し返す力もないなんて、むしろ気の毒になってくるわ」

楼門関が朔露の手に落ちたとき、朝廷は充分な数の援軍を迅速に送り出すことができずにいた。陽元の勅命に応じた沙洋王が、異民族との戦いに慣れた海東軍の騎兵を率いて出陣していなければ、いまごろ金椛国は河西郡のみならず、西沙州そのものを失っていたことだろう。

沙洋王の金椛帝国への貢献度は大きい。その沙洋王の要求を言下に却下することは、陽元としては避けたかったのだろう。

「官界に出て行くのに、沙洋王以上の後ろ盾は望めませんから、主上としてはよかれと思われたのかもしれないです。うちじゃ、姻戚としては何もしてあげられませんし」

顔を拭きながら、明々は控えめな声で言った。実際問題として、三代続いた外戚族滅法のために、陽元にも玲玉にも、皇室を支える直近の親族がいない。皇室を私して、国を傾ける外戚の力を削ぐために作られた法律が、皇室そのものの力を削ぎ落としている。

そこに辺境の藩鎮として三代を重ねた沙洋王の実力は、軍事と財力ともに侮れない。

陽元としては、沙洋王を帝国の宗室の側に引き留めておきたいのが本音であろう。客観的に見れば、それは遊圭のためにも、星家のためにもなる。それに、明々は遊圭と別れろなどとは、ひと言も言われていない。百に近い妃嬪妻妾を抱える陽元と、その後宮を運営する玲玉にとって、遊圭に側室が何人いてもかまわないのだ。

庶民に生まれた明々が、やがては閣僚の席も宰相の地位も望める星遊圭の、二番目の妻で何が不足なのか、というところだろう。陽元と玲玉は、価値観そのものが明々とは異なる地平にあるのだ。

「で、明々は正室でなくてはだめなの？　明々があんなに大泣きするくらいだから、側室では嫌なのね」

　いくらか冷静になってきた明々は、青く澄んだ夏空を見上げて息を吐いた。

「違うんです。別に、不満とかじゃなくて。ただ、あんまり長く待ったから、祝言が挙げられないのが悲しくなったんだと思います」

　正直、蔡才人の顔を見るなり大泣きしてしまった理由は、明々自身もよくわからない。しかし、蔡才人にはわかっていたようで、共感を示してうなずいた。

　祝言は、正室となる相手としか挙げない。一夫多妻といっても、配偶者と認められるのは一対の夫婦のみであるからだ。

「楽しみにしていたのにね。花嫁衣裳を縫って、簪をそろえて、沓に刺繍をして。お部屋の道具も新調して、お祝いの席の献立を考えて。引き出物にする花束の組み合わせを話し合いながら、何年も一緒に花を育てて——ずっと、ずっと楽しかったのに」

　蔡才人の婚約時代がそうだったのだろう。悲しげにうつむいた蔡才人は、袖をまぶたに押し当てて涙声を漏らす。明々は息を吸い込んで声を上げた。

「ああ、遊々が流罪になって求婚されたときに、あれこれ悩まずにすぐについて行けば良かった！」

「あのときも、遊々が罪人になったからためらったんじゃないって、言ってたわね」

「遊々は、私がいなかったら族滅を生き延びることはできなかった、って信じているんですよ。だから私を正室にして一生添うことが恩返しだと、思い込んでいるんじゃないかって、そういう恩とか義理で、遊々の一生を縛りたくなかったんです」

だんだんと明瞭（めいりょう）になってくる明々の告白を、蔡才人はうなずきながら聞く。

「今回も、主上からお話があったとき、遊々は相手の名前も聞かずに、即座に断ってしまったんだそうです。主上のなさりようや、大后さまの話には、私もかなり胸の中がもやもやしたんですが、主上も大后さまも、朝廷における遊々の立ち位置や、星家の再興、ひいては皇室の基盤を固めるために、いろいろとお考えになっておいでなんですよ。それなのに、遊々は私への義理立てで、結婚しか見えてないみたいで危なっかしくて。だって、遊々は主上の持ち出された縁談については、私に相談もしなかったんですよ。私の耳にいれることもできないと考えているのなら、私の存在はかえって遊々の足を引っ張っているんじゃないかって、思えてきたんです」

「そうねぇ。明々は賢いわね。だからこそ、遊々のそばにいてあげるべきだと思うけど」

「側室としてでも、ですか。遊々が私ばかりを重く扱ったら、高貴な家から降嫁された姫君の立場がなくなってしまいます」

　蔡才人はぷっと噴き出した。

「遊々が沙洋王の郡主を正室に迎えて、明々が第二夫人になるのは、明々の中ではもう決まったことなの？」

　あらためて言われて、そのような図を思い描いた明々は首を左右に振った。

「それも、嫌ですねぇ」

　ぽろりと言った自分のひと言に、明々ははっとする。

　城下の薄暗い長屋に遊圭を匿い、後宮に隠れ住んで遊圭を守った日々と、外の世界に解放されて、自身の足場を固めては、日々成長していく遊圭を思い返して、明々は胸が詰まった。

「いつの頃からか、ずっと一緒にいたいなぁ、って思っていました。あんまり近すぎて、恋情を抱くよりも家族みたいに大事で、好きなのかって訊かれても、ピンとこなくて。だから求婚されてからも、なかなか答がでなかったんです」

　蔡才人はくすりと笑った。

「たいていの女は、相手が好きだとか嫌いだとか、悩んだり考えたりすることもなく、親の都合で縁づけられてしまうけどね。私と玄月もそう」

「許嫁、でしたね」

「私の叔父が官僚になって、陶太監の門下に入ったときから、決められた結婚だったそう。私なんて、まだ這い這いしていたんじゃないかしら。初めて会ったのは、私が七つのとき。世の中にこんなきれいな人間がいるのかと思って、息が詰まったわ」

一目惚れだったの、と頬を染めて告白する蔡才人に、明々は曖昧にうなずいた。

見合いの席では互いに遠目に見交わしただけだったので、すぐに不安になったと蔡才人は打ち明ける。

「身分や見た目を誇るような、鼻持ちならない夫だったらどうしよう、って」

蔡才人の母親は落ちぶれた官家の娘で、お金のために商家に嫁がされ、夫を見下すところがあった。父親は父親で、美しい女たちを囲って妍を競わせ、悦に入っていたという。美容と化粧品の扱いに詳しい蔡才人の生い立ちに納得する明々だ。

「きれいなお姐さんほど、自尊心が高くて意地悪だったりするのよ。それで、許嫁とやらがどんな男か見てやろうと思って、こっそり陶家に忍び込んだの。使用人の噂を聞けば、主人の質がわかるというものじゃない？」

七歳やそこらで、そこまで知恵が回るのかと明々はあきれたが、物心ついたときから後宮の縮小版のような家庭で育てば、そういうこともあるのかもしれないとうなずいた。

「それで、どうなったんですか」

あの玄月の子ども時代の話に、明々も興味津々だ。

「庭で迷子になってしまって、最初に目についた離れに忍び込んだら、そこでひとりで勉強していた玄月とばったり！　まあ、両方とも驚いたのなんの、って。ふたりして固まって見つめ合ったまま、言葉も出なかったわ」

　笑いながら目尻に涙をにじませる蔡才人といっしょに、明々も笑ってしまう。

「すぐに仲良くなって、教師や使用人の来ない時間に、離れに遊びにいくようになったの。物語を読んでもらったり、字を教えてもらったり」

　手放しの惚気話ではあるが、初対面から相思相愛の縁を結んだ許嫁たちの、その後の運命を思うと、切なさだけが募る。

　幼い恋人たちの蜜月は二、三年しか続かず、陶家が弾劾されて、玄月はその巻き添えとなり宦官に落とされ、ふたりは引き裂かれてしまった。玄月のあとを追って後宮入りした蔡才人は陽元の子を産み、玄月は遠い敵地で行方知れず。

「でもねぇ、好きだったら、迷っちゃいけないと思うのよ。後宮に飛び込んだことも後悔していない。玄月と再会できるかどうかもわからなかったし、再会できても以前と同じように相愛でいられる保証もなかったけど、あのときはただただ、会いたかった。でもね、後宮に入ることは、他の誰かの妻になることだってことまで、考えが及ばなかったのは、私の覚悟が足りなかったと思うわ」

「覚悟、ですか」

　明々は小声で相槌を打つ。

「夜のお召しがあったとき、私の口からちゃんと主上に申し上げていれば、ってずっと後悔している。あのときは、玄月が誣告されて後宮に味方がいなくなって、主上との会話を慈仙側の宦官に一言一句聞かれていると思うと、怖くて主上に助けを求められなかった。閨のお勤めを黙ってやりすごせば、なんとかなると思ったけど、そんなに都合良くいかなかった。いまにして思えば、主上にも大后さまにも、生まれてきた子にも、申し訳ないことをしたな、って」

生々しい告白ではあるが、恐怖と後悔をずっとひとりで抱え込んでいるのは、蔡才人もつらいのだろう。秘密を打ち明けるほどに信用されているのだと思えば、明々は自分の問題は横に置いて、黙って蔡才人の話に耳を傾ける気持ちになれる。

蔡才人は、黙り込んだ明々の顔をじっと見つめた。

「遊々から、玄月が前線に行ってしまった理由を聞いたんだけど、馬鹿みたいなの。自分が身を引けば、私は寵姫の栄耀栄華を手に入れて、蔡家も繁栄できていいと思ったんですって。あのひとらしくなくて、笑っちゃう」

くすくすと笑いながら、蔡才人は涙をこぼした。なんだか、ふたりで順番に涙を流している。

「思い出させてしまって、すみません」

明々は手巾を差し出す。

「いいの、聞いてくれてありがとう。明々は自分の祝言の話をしに来たのにね。ごめんなさい」

「いえいえ、私のほうは、もう気持ちが落ち着きましたから。覚悟って大事ですよね」

「そうなの、覚悟。私はこんどはちゃんと覚悟を決めたの。先日、主上にお会いしてすべてお詫びして、それから後宮を下がらせてくださいとお願いしたわ」

「実家へ、お帰りになるのですか」

蔡才人は首を横に振った。

「慶城の叔父のところへ行くことを、お許しいただいたの。そこで玄月を待つために」

驚くほどまぶしく清々しい笑顔で、蔡才人は宣言した。

「それは、良かったです。遊々は危険だとか言いそうですけど。待っているだけではいつまで経っても会えませんからね」

明々はなぜかしら、また涙が出そうになって蔡才人を励ました。蔡才人はうなずき、泣き続けて赤く腫れたまぶたに触れて、すっきりした笑顔を見せる。

「後宮に来て十年以上経つのに、主上のお顔を正面から拝見して言葉を交わしたのは、昨日が初めてだったわ。慶城へ行きたいと申し上げたときに、なんだか泣きそうなお顔をされたの。玄月からよく主上の話は聞いていたのに、どんなお方なのかはよく知らなかった。私が宮官だったとき、主上がまだ東宮でいらして、大后さまが内官の星美人と申し上げていたときに、一度か二度お渡りがあっただけで、皇子が生まれてもほとんど大后さまをお訪ねになることがなかったから、冷淡なひとだと思い込んでいたけど、そうじゃなかったのかもね」

「そりゃ、あの玄月さんが心からの忠誠を誓っている帝であられますから」

正直なところ、玲玉の宮で過ごすことの多かった明々には、年上の妻に甘える子煩悩な父親という陽元の顔がすっかり馴染んでいる。表の政庁や他の妃嬪の前では違う顔を見せるのだろうが、何年も前に初めて対面したときの押し潰されそうな緊張や、当時の兵部尚書と前皇太后の弾劾裁判のときに見せた、威厳ある陽元の姿は、もうほとんど思い出せない。

「ねえ、明々。私たち、義姉妹の契りを交わしましょう」

蔡才人の唐突な申し出に、明々はとっさに返す言葉も思いつかず、首を傾ける。

「私の方が姉になるのよね。私たち、どちらも姉妹がいないでしょう？　これからも助け合っていけると思うの。話を聞いてくれる誰かがいるだけでも、救われることってあると思う」

悪い考えではないと明々は思った。自分のような取るに足らない人間でも、蔡才人の支えとなれるなら嬉しい。明々にとっても、心を開いて話せる友人がいるということが、これほど救いになるとは思わなかった。

「私でよければ、蔡才人をお義姉さまと呼ばせてもらいます」

明々はにっこりと微笑んで応える。

蔡才人は裁縫箱から小さな鋏を取り出し、その先端を中指に押しつけた。ぷつりと皮膚が切れて、白い指先に赤い血の玉が盛り上がる。明々も同じように指を切って血をしぼる。卓の上の湯飲みを引き寄せ、飲みかけの湯冷ましにそれぞれの血を垂らして、誓いの杯を交わした。

「私たち、これでずっと姉妹よ」

蔡才人の華やかな笑みに、明々もできる限り明るく微笑み返す。

その日の午後いっぱい、体調や庭の花々、そして互いの惚気話など、ときどき涙をこぼしながら蔡才人と談笑したのち、明々は河北宮を辞した。


宿の離れに帰った明々は、両親と弟夫婦を前に、祝言が延び延びになっている理由を話した。

「それって、どういうことだよ！　姉さんは行方不明になった遊圭さんを捜しに、国まで飛び出したんだろ。それで何千里も旅をして、大怪我をした遊圭さんを見つけた大恩人だ。それが祝言直前になってから、もっといい縁談が舞い込んだから、よその令嬢かお姫さまを娶りますって、うちを馬鹿にしすぎじゃないのか」

気炎を上げる清を、明々は必死で宥めた。

「遊々はちゃんと断ったのよ。もう正室になる女性は決まっています、って主上にきっぱりお断りしたの。ただちょっと、相手が大物過ぎて、媒酌人のなり手が見つからないだけ」

「だけ、って。明々が遊圭さんと婚約しているってのは、陛下も大后さまもずっと前からご存じなのに、それでも話を持ち出すのがおかしいじゃないか！　縁談の相手がどんだけ大物か知らないけど、そんなところに姉さんを嫁にやれないよ。ねぇ、父さん」

　水を向けられた明々の父親は、困惑の顔で額にしわを寄せる。息子と娘を交互に見比べ、明々に訊ねた。

「祝言はなしか。それでも、おまえが星家に入れぬということでは、ないのだろう？」

　妻と目配せをしてうなずきあう。

　さして裕福でもない農家にとって、たとえ側室であろうと妾であろうと、婚期を逃した娘には良縁のうちに入るのだろう。官家の正室では、実家にもさまざまな負担がかかることを思えば、李家には実をとって皮を捨てるくらいのことだ。

「おまえは、どうしたいんだい？　明々」

　明々が覚えている限り、自分の意見や考えなど、ほとんど口にしたことのない母親が、不安げにそう訊ねる。

「私は、どうしたらいいのか、まだ決められない。でも、この先どうなっても、お父さんや阿清には迷惑をかけないよ。一度は家を出た身だしね」

　皇族の将軍の娘などという、雲の上の存在が対抗馬では、両親が明々や遊圭のためにできることはなにひとつない。娘の祝言と孫を待つばかりであったはずの両親は、不安げに娘を見つめるだけであった。

　明々の父親は、星家との縁組にもともと賛成ではなかった。

遊圭の背後にあるものが、かれらの立ち位置からはただただ、遠く漠然としすぎているのだ。だが、明々の気性と年齢を思い、そして明々がかかわってきた後宮だの外戚(がいせき)だの、そして皇室という畏(おそ)れおおく異なる世界に生きようと決めた娘の将来に、もはや自分たちが口を出すことでもないとあきらめていた。

それは五年も前に、西方から帰還した遊圭が李家に立ち寄ったその日に、日蝕(にっしょく)が起きたことと無縁ではないかもしれない。天子と言葉を交わすことを許された外戚であり、やがては政治を動かす官僚として、栄華を極めようという人間を婿に迎えるなど、一庶民にとっては想像すらできず、意見を求められたところで、なにも思いつかない。

「どっちにしても、郡王が相手じゃ、うちに勝ち目はない。父さん、母さん、村に帰ろう。姉さんも、ここにいたって遊圭さんとはいつまでも祝言は挙げられないよ。一緒に帰ろう」

清の決断は早い。まだ若い清は、遊圭と対等に話すことに慣れてしまったせいか、その義理の叔父(おじ)である皇帝すら身近なものに感じているのかもしれない。そして皇室のやり方に、自分たちが侮辱されたと怒っている。

「もちろん、妾でもいいから遊圭さんのそばにいたいっていうんなら、残るのは止めないけど」

即座に腰を上げて、妻に旅の支度を言いつける。

あたふたと立ち上がる両親の手を取り、明々は頬を強張(こわば)らせて言った。

「そうね。とりあえず、私も村に帰るわ。それからどうするか考える。身を寄せるあてが都にないこともないし」

明々は衿を押さえて、懐に入れた書き付けに触れた。とりあえずひとりになって、いろいろ考えたいと打ち明けた明々に、この人物を頼れと蔡才人が用意してくれた書き付けだ。明々にも都で頼りにできる知人がいないわけではないが、そうした人々はみな遊圭とつながりがある。

遊圭は怒るだろう。でも、迷っている時間はない。いまなら、蔡才人の幸せを思って都を去った玄月の気持ちがわかる。玄月と明々では状況は違うが、遊圭が守りぬき、成し遂げなくてはならないことの大きさに、自分が足枷になってはいけないと思う。遊圭がとても大切だから、自分のために朝廷に敵を作って欲しくない。せっかく再興の途についた星家を破滅に導くような布石を、自分が置くわけにはいかないのだ。相手のために命をかけてともに破滅する覚悟と、骨を断つ痛みをこらえて身を引く覚悟。どちらも貫き通すことは難しい。

とにかく、明々は覚悟を決めた。

荘園からとって返し、その足で河北宮へ上がった遊圭は、陽元とのふたたびの会見で事の真相を知り、ひと晩じゅう悩み続けた。

つい二年前まで地方の一郡王に過ぎなかった沙洋王は、この朔露戦において、金椛帝国の朝廷内に侮れないほどの影響力を伸ばしてきた。その沙洋王の申し出を断ることが、皇帝である陽元にとってさえ、どれだけ難しいか遊圭は頭ではわかっている。

朝廷の軛（くびき）を断ち切るほどに力を蓄えていく藩鎮を押さえ込む手段のひとつに、皇帝の血を引く公主の降嫁があるが、沙洋王はその逆に、我が娘を外戚の遊圭へ輿入（こしい）れさせたいと願い出たのだ。

自分の娘を、中央へと人質に差し出す沙洋王の本心がどこにあるのかは謎であるが、対朔露防衛と国内における皇族の団結に苦慮する陽元にとっては、渡りに船であったろう。国家の基を盤石とするために、有効な一手である。

また、沙洋王を後見とすることで、古参の官僚が遊圭を侮る心配もなくなる。

陽元は皇帝として、そして義理の叔父として、皇室と外戚星家のために、最善の選択肢を遊圭に差しだそうとしていたのだ。

遊圭は、自分自身が政略結婚の駒となりえる立場であったことに愕然（がくぜん）とした。そして、そういう世界に足を踏み入れたのは、他ならぬ自分自身の意志であったことも。

だからといって、こんな風に明々に手を回して身を引かせるなんて、あんまりだと腹立たしくて怒りのやり場もない。

朝一番で宿を訪れたものの、すでに明々とその家族は離れを引き払い、帰郷の途についていた。遊圭は頭を抱えてうなった。

「どうしてこうなるんだ」

「星公子、あの、李のお嬢さんから預かり物があります」

宿の主人が小さな包みを遊圭に差し出す。受け取って包みを開くと、季節にそぐわない襟巻きが畳まれていた。淡い黄緑色の生地に、枝と蕾に雪を載せた紅梅の刺繡。半年前に贈られた手巾の刺繡よりもずっと上達して、細やかな針仕事は職人の手とも間違えそうだ。

手紙はない。しかし寒梅に込められた贈り主の想いは明白である。

急いで明々たちを追わなくては、と金沙馬を引き出した遊圭は、背後に蹄の音を聞いてふり返った。

「シーリーン。どうしてここに」

女物の乗馬服に、麦藁色の髪を男髷に結った胡娘が、栗毛の馬に跨がって遊圭を見おろしている。

「今朝方、蔡才人から話を聞いたので、明々のようすを見に来たのだが、遅かったたな。すまない。蓮華公主が一昨日から熱を出していて、そちらにかかりきりで、明々が皇后宮に呼び出されたことは知らなかった」

西国出身の薬師シーリーンは、病気がちであった遊圭が五歳のときから、療母として星家に仕えてきた。現在は皇后宮の薬食師として後宮に勤めている。

「明々たちは、村へ帰ってしまった。離れはもぬけの殻だ。天遊もいない」

落胆も露わに遊圭が告げると、シーリーンはにっこりと笑った。

「天遊は連れて行ったのか。では、望みはあるな」

シーリーンの展望に気を取り直した遊圭は、金沙馬の鐙に足をかけて、鞍に跨がった。

「いまなら、青河を渡る前に追いつくかな。両親や小さな赤ん坊もいることだから、そんなに早くは移動できないはずだ」

「引き返すよう、説得する気か。すぐに祝言が挙げられるかどうかも、わからないのに？」

明々と遊圭との出会いから、ふたりが乗り越えてきた様々な試練をすべて知っているシーリーンだ。さっさと追いかけろと、尻を叩かれるのではないかと思っていた遊圭は、むしろ引き留めようとする口調に驚いて、シーリーンを見つめる。

「だけど、このままにはしておけないよ。どんな誤解をして宿を引き払ったのか知らないけど、追わずにいたら、世間の噂を肯定したことになる」

「明々は何も誤解していない。いまこうすることが最善という行動をとっただけだ。明々は賢い上に、無為に何年も後宮を出たり入ったりしてない。もしかしたら、遊圭よりも現状が見えているのかもしれないぞ。沙洋王の横槍も強引だが、遊圭も意地になってはいないか。少し頭を冷やせ」

母代のシーリーンにそう言われたら、遊圭は逆らってまで李家一行を追いかけるわけにもいかない。言われるままに官舎へ戻り、シーリーンが蔡才人から聞いた話に耳を傾ける。シーリーンが河北宮へ帰ったのちは、気持ちを整理するために墨を磨り、明々への手紙を書き始めた。

三、紫苑の詞

西部への行幸準備でおおわらわな河北宮で、遊圭ひとりが冷めていた。政庁では、婚約者に去られた遊圭に、文字通りに掌を返して愛想良く接してくる官吏たちには、心底からうんざりさせられる。

沙洋王がどれだけ本気で星家に娘をやろうと考えているのか、本人が海東郡に帰還してしまっているのでよくわからない。海東郡へ帰る前日に、陽元に申し入れをしたというだけでは、遊圭の方から動くことはない。

おそらく、遊圭が郡主の降嫁を望外の栄誉とありがたがり、ふたつ返事で承諾すると、沙洋王は勝手に思い込んでいるのだろう。沙洋王の意向を聞き及んだ官僚は、遊圭と明々との祝言が実現しないよう、密かに連絡を取り合っていたことが、日を送るうちに明らかになってきた。

地に足の着かない気持ちで、祝言の準備に奔走していた遊圭だけが知らなかった。

明々が去ったいま、なにかと機嫌を伺いにくる官僚たちを避けるため、遊圭は兵部尚書の配下について実務作業に励んだ。行幸に随行する王兵部尚書は、河北郡より西に行ったことはなく、気候も地形も大きく異なる河西郡への旅に必要なあれこれについて、たびたび遊圭の意見を求めてくる。

　正式に殿中侍御史（でんちゅうじぎょし）に任じられるのは、慶城で論功行賞が発せられてからだが、河北宮への参内に便宜上必要であると、緑衣の官服はすでに授かっていた。そのためか、あるいは行幸のために人員が増えているせいもあってか、官服をまとい銀帯を締めた遊圭が、兵部の庁舎にまぎれこんで仕事をしていても、まったく違和感がない。

　やっていることは、蔡太守のもとにいたときと変わらぬ、書記官の仕事だ。行幸に必要な軍需物資の出納、兵部の人事に関する書類整理を、王兵部尚書の部下とともに片付けていく。

　文書の整理はお手の物だ。目をつぶってでも——はさすがに無理だが、書類の形式はもう頭に刷り込まれているので、案件や概要、数字にさっと目を通すだけで、どんどん片付けてゆく。

　兵部に務める官僚たちは、万人にひとりという合格率の官僚登用試験を突破してきた秀才ぞろいであるが、実務に優れているとは限らない。国政や思想を語らせれば一流であったが、文学と礼学、そして史学、詩賦の暗記に比重のかかりすぎた受験内容のために、物量の計算や、要約された情報の伝達と処理を迅速にこなせる者は少なかった。

　十七から地方の役所で胥吏（しょり）を務め、慶城では蔡太守のもとで実務をこなしてきた遊圭は、ここでも重宝された。かつて、蔡太守の秘書として多忙な日々を送り、ついに寝込んでしまった遊圭に、仕事の手を抜くようにと玄月に忠告されたことは思い出しもせず、目の前の作業に没頭する。

「君は働き過ぎだよ。それじゃ慶城へ発つ前に体を壊してしまう」

帰りの遅い遊圭を心配し、兵部の庁舎まで顔を出して忠告するのは、親友の尤仁だ。彼自身、行幸を前にして錦衣兵の百人隊長として多忙であったが、その尤仁に注意されるほど、遊圭は自身のことに気を配る余裕をなくしていた。

「仕事をしていれば、ろくなことを考えなくてすむからさ。兵部の官人たちに勤勉ぶりを見せておけば、殿中侍御史を拝命してからも、妬まれないだろうし」

遊圭は投げやりな口調で尤仁に応える。

気を抜くと明々のことばかり考えてしまうなどと、正直に口にできない。すぐにでも追いかけて明々の実家に乗り込み、遊圭の気持ちを伝えたい衝動を押さえつけるために、期限の短い仕事を急いでかたづけていれば、時間はとりあえず過ぎていってくれる。

「明々を呼び戻すためには、沙洋王との決着をつけて、自分自身の地位を確かな揺るぎないものにするしかない」

そう決意を固めて兵部の片隅で仕事に打ち込む遊圭に、尤仁は食いさがる。

「沙洋王の縁談は断ったんだろう？　決着がついてないって、どういうことだ」

「口頭では断ったけど、打診そのものが非公式だったから、宙に浮いた感じだ。陛下はごり押しする気はなさそうだし、沙洋王からはいまのところ何も言ってこない。たとえ正式に申し出があっても、受ける気はない。だけど、吹けば飛ぶような新米官人だと思われないよう、いまから実績を積んで、足場は固めておくべきだと思う」

任官したての新人が、郡王の申し出た縁談を断れば、確かに出世にさしつかえる。先の朔露戦で、何度か言葉を交わした沙洋王の、傲慢だが兵士らの尊敬と憧憬を集める人柄と、講和の裏で朔露本陣の奇襲を企てるという狡猾さを、遊圭は忘れない。外戚という立ち位置が、沙洋王に対して有効な堤防になるとは、遊圭は楽観していなかった。

いっぽう、沙洋王と接触のなかった尤仁は、遊圭の決意を聞いて、むしろ私生活が心配になったらしい。

「でも、官位を授かったら、明々を正妻にすることはできなくなるんだろう？　一生、正室を持たずに、明々を側に置いておくつもりかい」

筆の尻で耳の上を掻きながら、遊圭は書類から目を離さずに答える。

「この戦争のカタがついたら、法律関係の部署に異動を願い出て、婚姻法を変えてみせる」

断言した遊圭に、尤仁はあきれた声を上げた。

「何年かかると思っているんだ！　その間ずっと独り身を通すつもりか」

遊圭はゆっくりと顔を上げて尤仁を見つめる。

「もちろん」

この手で明々を幸せにすることができないのならば、せめて心の誠を貫きたい。

寒梅の誓いにかけて。

遊圭の意思に反するような政略結婚を、陽元が無理に押しつけようとしないのは、遊圭には数え切れない借りがあるためであろう。

陽元の実母を殺害し、即位後には傀儡の皇帝として操り、命まで狙っていた前皇太后の犯罪を暴き、弾劾できたのは、遊圭の貢献が大きかった。その後も異母弟と前皇太后の企んだ謀叛を防ぎ、現政権に弓を引かんとする異分子を取り除いた。

その翌年には、はるか西方にある砂漠の国、夏沙王国まで赴いて、前王朝の亡命者によって盗み出された天官の書を探し出し、陽元の治世を揺るがすところであった日蝕の周期を、事前に明かすことに成功した。

しかし遊圭はそれだけの功績に見合う報酬を望むことはなかった。星家の家督を取り戻したほかは、外戚特権に頼ることなく、地道に試験を受け、実力でもって官僚になる道を目指したのだ。

遊圭が勉強漬けでようやく入学した国士太学では、不正が横行していた。その不正を摘発するために、遊圭が苦労して集めた証拠を、陽元は握りつぶした。不正の根が深く広すぎ、すべての根を除外することは、即位後間もなく官僚の弾劾や皇族の謀叛が続いた陽元の治世を、覆しかねなかったからだ。

陽元も玲玉も、遊圭に沙洋王の郡主を娶らせて、皇族間の絆を固めたいのが本音であろう。だが、無理強いすることで、激怒した遊圭が官位官職を放り出し、明々を追って野に下ってしまうことのほうを、もっと怖れている。

　実際、国士太学の不正摘発を断行しなかったことで、遊圭は近侍たちの前で陽元に食ってかかったこともある。一見、おとなしく非力な遊圭だが、頑固で向こう見ずなところがあるのを、陽元は忘れてはいない。

「沙洋王の郡主を娶ることが、どれだけ政治的に重要であるか、皇室に益をもたらすか、わたしだって充分に理解している。明々に出会わなかったら、親の決めた相手だろうと、政略のための結婚だろうと、なんの疑問もなく受け入れていただろう。だけど、族滅を生き延びてから、本当に大切なものは絶対に手放してはいけないということを、わたしは骨身に沁みて学んだ。頭では理解できても、心が納得できないことはあるんだ」

　そう言って、憑かれたように仕事に戻る遊圭に、尤仁はかける言葉もなく引き下がる。


　慶城行幸の出立を前に、帝都から一群の女馬車が到着した。慶城を預かる蔡太守のもとに里下がりを許された、蔡才人の付き人となる宮官たちであるという。

　女たちが増え、華やかに賑わう後宮を避けて、遊圭は胃弱の薬を調達するために河北宮の外縁にある薬種堂に寄った。責任者の薬園師は外出中のようで、左右の壁が天井まで届く棚と、引出しに埋められた堂内は無人であった。薬園師は併設された薬草園で作業しているのだろうと考えた遊圭は、花の咲き乱れる園内をのんびりと散策する。

　竜胆が青い蕾をつけて凜と立ち、背の高い紫苑の群れが、風を淡い紫に染めて揺れるあたりでふと足を止めた。

「都ならまだ猛暑で、緑の濃さばかりが目についているころだけど、さすがに河北は秋の訪れが早い」

日中はまだまだ暑いのだが、日陰や朝夕は涼しいところも、夏の短い北部の特徴であろうか。薬用でもない萩が、花壇の囲いを乗り越えんばかりに茎を伸ばし葉を繁らせ、花を咲かせているのはどうかと思いつつ、遊圭は一部が雑草園となっている萩の群れを通り過ぎた。日没後の空にたなびく、紫の雲を思わせる紫苑の繁みに手をかざす。

「遊圭、紫苑の花を摘みにきたのか」

なじみ深い声にふり返れば、シーリーンが微笑みかけていた。

薬草園の仕事を手伝っていたのだろう。額の上までずれた日除けの頭巾から、麦藁色の髪がこぼれている。明るい昼の日射しの下では、日焼けした肌にはそばかす、目尻と口元には、いつのまに増えたのか笑い皺がくっきりと刻まれている。

遊圭はシーリーンの年齢を訊いたことはなかったが、物心ついたころから自分の世話と看病をしてきた西方の薬師が、すでに孫がいていい年頃であることに思い至った。

「いや、健胃薬を買いに来たんだけど、薬園師が不在だったから、薬草園にいるのかなと思って捜しに来たんだ」

「薬園師は慶城に送る薬種を納めに行った」

「配達まで薬園師がするのか。ここもあんまり手が足りてないみたいだね」

「園丁も兵に取られたというので、私も収穫の応援に来ている」

「シーリーンが引き受けなくても、河北宮には薬工や医生がいるだろう？」

　その薬工や医生も、河西郡の前線に駆り出されている現実に思い至って、遊圭は軽はずみな言動を後悔した。

「胃薬なら、私にも出せるが——顔色が良くないな。ちゃんと栄養のあるものを食べているのか」

　顔を合わせれば、挨拶代わりと言っていいほど、必ず顔色を見て体調を訊ねるシーリーンだが、今日は遊圭が自ら薬を買いに来たことに、心配そうに身を乗り出す。

「いや、常備薬が減ってきたから、行幸について慶城に行く前に、少しそろえておこうと思って」

「あまり顔色も良くない。眠れているのか。明々のことを思えば、よく食べて眠れるはずもないとは思うが」

　遊圭は苦笑を返す。

「そうだね。不眠に効く薬も、少しみつくろってくれないかな。シーリーン」

　薬種堂へと引き返そうとして、遊圭は立ち止まった。シーリーンもまた立ち止まる。

「そういえば、どうしてわたしが紫苑を摘みに来たと思ったんだ？　まだ根は収穫できないだろ」

「花を明々に贈るのかと思ったからだ。いまは芍薬もないから、想い草としては手に入るのは紫苑か、桔梗くらいか」

遊圭は紫苑にも花詞があるのかと、少し驚いた。

「勿忘草は知っていたけど、あれは春の花だよね。紫苑も似たような意味があるの？　色が似ているから？　とはいえ、自分から去った相手に『忘れてくれるな』なんて、なんか情けないなぁ」

「勿忘草とは逆だ。紫苑は『汝を忘れない』『遠くにいる君を想う』という意味があるそうだぞ」

遊圭はあらためて紫苑を眺めた。紫色の小菊に、蔡才人から花帯を贈られたときの玄月の表情を思い出す。一輪の花に込められた短い詞は、千の言葉を尽くすよりも、雄弁に想いが伝わることもある。流刑の前に再会を約す芍薬を渡したときの気持ちを、明々に思い出させてくれるだろうか。

「でも、村に届くまでに枯れてしまうよ」

溜め息とともにあきらめの言葉を吐く遊圭に、シーリーンは軽く微笑んだ。

「紙に挟んで押し花にすればいい。蓮華公主が好きでよく作っているので、やり方も教えられる」

そんな時間はない、と遊圭は言いそうになった。しかし、シーリーンの提案には逆らわないのが習い性になっているせいか、遊圭はシーリーンが摘んだ紫苑を唯々として受け取った。さらに、シーリーンは通りすがりに目についた、喇叭のように開いた花弁が、五芒星の形をした青紫の花を摘む。

「桔梗も入れておこう。こちらは素人にもきれいに押せる」

「蔡才人の刺繍した花帯に、桔梗もあった。これにも誓いの花詞があるんだね」

「うむ。口で言うには照れ臭いことも、花ならば渡すだけですむからな」

薬種堂へ向かう間、押し花の作り方を説明されつつ、秋の野に揺れる可憐な青や紫の花々に、遊圭は明々の後ろ姿を思い浮かべる。

「では、あとで花を挟む紙を配達させる。焦らずにいくつか作れば、きれいに色の残った乾花ができあがるぞ」

シーリーンは、まるで自分の店にいるかのように、薬種堂の引出しから遊圭の旅に必要な生薬を取りだし、伝票を切っていく。ひととおり出し終えると、さらに自宅の薬箱の中身を訊ねられた。

「喘息の薬が減ってないのはいいことだな。それでも、発作が起きたら命取りだ、新しいのを調合しておこう。麻勃は術後や重傷の兵士に出す痛み止めに、あるだけ慶城に送っているから、出してやれぬが」

「麻勃は要らないよ。必要なところへ回してくれ」

遊圭の脈を診たシーリーンは、袖を上げたためにあらわになった腕をパンパンと軽く叩き、心から自慢げに微笑んだ。

「見た目よりは筋肉もついてきたようだ。ずいぶんと頑丈になったたな」

生まれて間もなく、大人になるまで育たないだろうと医師に予言された遊圭が、成人まで生きてこれたのは、ひとえにシーリーンの養育のおかげだ。薬師の面目躍如というところだろう。

　遊圭はうなずきながらも、さほど嬉しくもなさそうに応じる。

「最近は、尤仁の隊について朝の鍛錬もやっているんだ。意外とついていけてる。でも、疲れると咳や熱が出る。夕方にはなんだか体がだるくなるし、あと一度に食べられる量が一向に増えない。胃弱は一生治らないのかな」

　シーリーンは朗らかに笑った。

「健康な人間でも、一日の終わりには疲れを感じる。その疲れを溜め込めば病になる。悩みや苦しみを抱えていれば、食も進まぬ。弱いところから病を引き込まぬよう用心するに越したことはない。西部から戻って以来、風邪もひいてないのだろう？　いたって人並みに暮らせているのではないか」

　そうなのかな、と遊圭は思った。比較する相手がルーシャンだの、尤仁だの、あるいは玄月といった人並み外れて強靱な連中だから、自分が虚弱に見えるだけなのか。

「気虚の体質は変わらぬものらしいから、なるべく体を温める食事を心がけるのだな。脂身を取り除いた羊か牛の赤身肉や、手に入るようなら鶏肉、これからの季節は栗とカボチャをしっかりと食べるようにして。汁物や粥に入れる竜眼や大棗、松の実と銀茸を欠かさぬように」

薬種堂の引出しから、滋養強壮に効く生薬を勝手に選び出し、魚皮紙に包んで箱に納めていく。

「今回の慶城行きは、行きっぱなしじゃないから、そんなには要らないよ。陛下が還御されるときに、わたしも帰京する」

思い返せば、昨年の秋からこの春にかけて、何日もかけて真冬の荒野を往復し、敵地に潜入して帰還すること二回。

――健康な人間でもなかなかできないかなぁ。自分で思うより丈夫になっているのかもしれない。

思い返せばまんざらでもない遊圭だ。ただ、生還したのちは、さすがに半月近く寝込んでしまったが。

遊圭の慶城行きには不安を覚えたらしく、シーリーンが憂い顔になる。

「しかし、慶城は睨み合いの最前線なのだろう？　そういうところへ主上が行って無事ですむのか。朔露がここぞとばかり攻めてくるとか、あるいは暗殺者を送り込んでくるとか」

遊圭はあたりを見回した。堂内にシーリーンとふたりきりであることを確認し、小声でささやく。

「陛下が戦の陣頭指揮を執るわけじゃない。皇帝が自ら前線に赴き、現地の太守と将軍を督励することで、朝廷の非戦派に対しては、朔露の脅威を軽んじてはならないことを知らしめ、西部の住民や兵士は、朝廷が辺境に無関心ではないことを知って励まされ、次の侵攻を窺(うかが)っている朔露に対する示威行為にもなる」

シーリーンが本当の母親ならば、決して明かさない軍事や前線の情報ではある。しかし、若い頃から戦禍を生き延び、遊圭の護衛としても西部と砂漠地帯、そして都を行き来してきたシーリーンには、隠すことなどひとつもなかった。

「まあ、むしろそれをしない王や皇帝というものが、西方にはいないがな。金椛(ジンファ)の皇帝は都を動くことがないと聞いて、それでよくこのように広大な国を治めることができるものだと思っていた。昔からそうなのか」

金椛の体制を疑問に思ったこともない遊圭であったが、北方や西方では君主が自ら遠征の指揮をとることがむしろ普通と知って、さすがに驚く。

「そう、だね。金椛も、紅椛(ホンファ)王朝のときも、その前も。皇帝が自ら帝都を出て前線に行くことはかつてなかった。初代は皇帝の位を得るために戦うけど、子孫は宮城から出ることも滅多にない。中原(ちゅうげん)の皇帝は、為政者であると同時に、天子——地上における天帝の代理という側面もあるから、軽々しく天を祀(まつ)った祭壇のある帝都から動いてはいけないんだ」

「だが避暑のために、河北までは行幸するのだな」

すかさず矛盾を突いてくるシーリーンに、遊圭は苦笑を返す。

「金椛や紅椛王朝を建てた椛(ファ)族は、もともと北天江の北岸から興った民だから、北天江南岸の気候は暑すぎるのかもしれないね」

久しぶりに母代わりのシーリーンと水入らずの時間を過ごし、遊圭は近況や情報交換だけでなく、金椛朝以前の中原の歴史にいたるまで話し込む。

「陛下は、北西部をその目でご覧になりたいんだ。北西部だけじゃない。この先叶うことならば、東と南の海岸部も。天子として国を治めるのは天命であるけども、その四辺を知らずしてこの国のあるじと言えるのか、ずっと葛藤しておいでだったから」

天子は国体そのものであるから、親征はあり得ないというのが、金椛だけでなくそれ以前の王朝から受け継がれた慣習であり伝統であった。それを踏み越えようとする陽元の決断が、後世の史官にどのように書き継がれるのか、遊圭には想像もつかない。

ただ、広大な国土を支配する者が、この国を支える民の営みを知らず、かれのために命を懸ける兵士らの散りゆく戦場を目にすることもなく、城壁の奥から出ることを許されないのは、正しいこととは思われない。

それは、十代の半分以上を宮城の内外と辺境、そして異国まで旅を続けてきた遊圭だからこそ、思うことかもしれなかったが。

気がつけば日は中天にあり、出発前の準備のためにとった休日もあっという間に半分が過ぎていた。荷をまとめて慌ただしく去ろうとする遊圭を、シーリーンが呼び止める。

「後宮に寄っていかないのか。周秀芳が河北宮に来ている。慶城の行幸にも同行するのだそうだ。会っていくといい」

「秀芳さんが？」

遊圭は驚いて訊き返した。周秀芳はかつて太医署の医生試験に向けて、ともに受験勉強に励んだ仲間だ。シーリーンと遊圭には懐かしい友人でもある。

「蔡才人が慶城で里下がりをするのに、秀芳が宮女としてついていくという話だ。ふたりとも後宮を出ることを許されたということだな」

遊圭は「ああ」と小さくつぶやいてうなずいた。

「慶城には橘さんがいるからだね。陛下も粋な計らいをなさる。でも、わたしと秀芳さんは、慶城で初対面の挨拶をすることになると思うよ。忙しいのもあるけど、ここで秀芳さんと知り合いだって周りに知られるのも、具合が悪い」

遊圭が女官の李薫藤として、周秀芳ら医生候補の女官たちと太医署の予備学に通っていたことは、誰にも知られてはならない秘密であった。

慶城にはすでに、帝都や北天江上流の江北郡から続々と援軍が到着し、ルーシャン配下の河西軍と皇帝直属の天河羽林軍に合流している。楼門関の陥落から、一年近くルーシャンとともに戦った沙洋王と、かれの率いる海東軍は東部へ帰還したが、さらに河北郡から徴用した新兵の軍団が、行幸に先立って明日には西へと発つ。

遊圭は荘園から呼び戻した下男の潘竹生に、小さな包みをいくつか持たせて、都へ戻るように命じた。

「慶城へお供しなくてよいんですか」

自身も旅支度を始めていた竹生は、残念そうに訊ねる。

「わたしは、身の回りのことは自分でできるし、官職を授かれば従者もつく。それより、明々の村に寄って、その青布の包みをちゃんと届けてくれよ。その使いさえきちんとやり遂げたら、都に戻って潘の実家に顔を出し、ゆっくりするといい。こっちの包みには趙爺に宛てた手紙がある。竹生に一年分の給金と、潘のおばさんが望むだけ、竹生に休暇を出してやれって書いておいた。長いこと親孝行をさせてやれず、悪かった」

「いいんですか」

竹生は、明々と都の人々へ送る包みを胸に抱き、歓声を上げる。竹生もまた、星家が滅せられてから、都に落ち着いて家族と過ごす時間など、ほとんど持てなかったのだ。

「ちゃんと、そっちの青い方の包みを、間違えずに明々に渡すんだぞ。水に濡らしたり、なくしたりするんじゃないよ」

主人より一足先に帰京できると、舞い上がって喜ぶ下男に、遊圭は念を押した。

シーリーンに教えられて、急いで作った紫苑と桔梗の押し花は上出来とはいえなかったが、何の花か一目でわかるくらいにはきれいな色が残った。寒梅の刺繍に対する返答としては、その役目を果たしてくれるだろう。

「たしかに、千の言葉を尽くすよりは楽かもしれなかったな。手紙を添えたくても、何も思いつかなかったから」

旅支度に家族への土産も必要になって、慌てて買い物にでかけてゆく竹生の背中を見送って、遊圭はそうひとりごちた。

四、慶城行幸

天河羽林軍の新兵二万を加えて、金椛帝国第三代皇帝の司馬陽元は、その在位九年目にして、河西郡最大の都市、慶城へ行幸した。

「騎乗して行進すれば、さぞかし気持ちよかろうな」

馬車の中から簾越しに外を眺めつつ、陽元はぼやいた。

同乗する遊圭は、返答すべきか否か迷った。馬車はガタガタと揺れ、時々座席の上で尻が跳ねる。車輪が石や轍に当たる衝撃がもろに響くため、うかつに口を開くと舌を噛みそうになるのだ。

陽元は揺れなどまったく気にも留めずに、はす向かいに着座を許されていた遊圭に顔を向けて話しかけた。

「この馬車の乗り心地は、あまりよくなかろう」

遊圭はますます返答に困る。正直なところ、車酔い気味であった。本来は尤仁の隊とともに、金沙馬に乗って同行するはずであったのに、陽元に相乗りを命じられたのだ。

通常であれば、近侍の宦官が常に陽元の側に控えているものであるが、陽元は馬車に同乗するのは遊圭のみとしたため、ふたりきりである。

これまで、陽元との会見は、非公式に行われることが多かった。陽元の居間や書斎に招かれ、人払いがされた場であるとか、玲玉の居間で家庭的な語らいに加わるなど、堅苦しい作法や口上は、ことごとく省略するのが常であった。あらゆる虚礼を厭いながら、公式のことでは省略を許されない陽元であるから、このときも遊圭と直に話すための機会を道中に求めたのだと思われる。

「お気遣いいただき、ありがとうございます。この馬車は河西郡の行幸のために、特別にあつらえたお車と聞いておりますが、お気に召しませんか」

「もちろん、気に入っている。都で使う仰々しいだけの、重たく巨大で装飾過剰ののろくさい馬車では、朔露の賊兵に襲われてはひとたまりもないからな」

国の威信にかけて、皇帝と皇族の使う物はすべて美しく飾り立てるのが金椛の、いや、それ以前からの中原に覇を唱えた帝国の伝統であった。通常であれば、行幸用の馬車は移動中に執務も休憩もできるよう、寝台と書机を備え、近侍が数人控えることも可能な、動く宮殿のごとき大きさと荘厳さを備えている。八頭から十頭の牽き馬を必要とする化け物のような代物だ。当然進むのも遅い。

陽元は簾をわずかに上げて窓を開き、馬蹄と車輪の巻き上げる砂塵の向こうを顎で示した。ふり返った陽元の面には、笑みが広がっている。

「都の中で使う人力の車駕や、行幸用の馬車に比べると、まるで翼が生えたような速さではないか。軽量化を進めさせたとはいえ、襲撃に遭ったときに矢盾の役も果たさないのでは話にならない。金銀の装飾はいっさい廃し、さらに、乗り心地をもいくらか犠牲にしたわけだが、礼部の官僚どもが、装飾のない馬車では威厳がなさ過ぎるとぬかしてな、要らぬ真鍮飾りなどもつけさせられそうになった」

「でも、外張りに真鍮を使えば、矢は通りません。軽い木材に真鍮を張るのと、重たい堅材を使うのと、どちらが軽量化できるのか、わたしにはわかりませんが」

陽元は失笑する。

「きらきらしい真鍮で箱を覆っては、そこに一番の獲物がいると、朔露に大声で告げているようなものではないか」

「それは、そうですね」

「いっそ馬車ではなく騎乗して行幸するぞと脅して、この仕様まで譲歩させた」

車輪がガクンと石を踏んだ衝撃に歯を食いしばって耐えた遊圭は、陽元の含み笑いに曖昧な笑みで応える。

「立っている方が疲れぬかもしれん。鍛錬にもなる」

陽元はそう言って立ち上がり、座席の背後に渡した棒につかまった。

現在はおとなしく朝議や執務など、屋内における皇帝としての仕事に励む陽元だが、皇太子時代は乗馬や狩猟が趣味で、皇太子宮に落ち着いていることの方が少なかったという。遊びたい盛りの十代で即位し、その後は紫微宮の片隅にある青蘭殿を鍛錬場に改装させ、そこで頑健な側近や手練れの宦官兵を相手に鍛錬することで、有り余る体力を発散させている。

陽元の少年時代から仕えてきた宦官たちは、その青蘭殿で鍛錬を重ね、青蘭会という側近集団を成していたが、十二人いたその数は、いまは五人に減っている。青蘭会の筆頭格であった陶玄月と王慈仙の対立に巻き込まれ、王慈仙に与した青蘭会士たちは追放された。中立か、玄月に義理を立てて出仕を控えていた者だけが後宮に残った。

そして本来であれば、皇帝の行幸には料理人から衣装係、馬丁など百人からの宦官が随行するらしいのだが、この河西郡行幸には数人の料理人と衣装係を除けば、近侍はこの四人しかつれてきていない。行幸の速度を上げるために、余分なひとも物もすべて省いてあるのだ。

「親征とは、そういうものだろう？　物見遊山ではないのだからな。行軍も沙洋王の出陣と同じように整えさせた。沙洋王は野戦においては、食事まで将兵らとともにするらしい」

この河西郡視察を、陽元が『親征』と位置付けたことを知っているのは遊圭だけだ。親征とは君主自身が軍兵を率いて戦に臨むことであるが、中原では現役の天子が帝都を離れて親征することは滅多にない。官僚機構の整った、中央集権の確立した金椛帝国では、君主は動かざる存在として権威を天下に示すものとされている。

だが、長く続いた太平の世に慣れた高官たちの、朔露侵攻に対する危機感の欠落や対応の鈍重さにしびれを切らした陽元は、自ら起(た)って亡国の危機を示さねばならないと考えたという。

若い当時から身軽な行動を好み、虚礼を厭う陽元は、この機会を最大限に利用するつもりであるらしい。とはいえ、前線にはルーシャンなど百戦錬磨の将軍がそろい、円熟した人柄の蔡太守が軍団を統括している。実戦経験もなく、辺境の地理も知らぬ陽元が、実際に先陣に立って指揮権を行使することはないだろうと遊圭は予想している。

陽元という人物は、遊圭や玄月がくぐりぬけてきた冒険について、強い興味を隠さない。天子となる運命を負わされていなければ、沙洋王のように辺境の領主として荒野を駆けまわるほうが、性に合っていたことだろう。とはいえ即位してすでに九年、粛々と政(まつりごと)を行ってきた陽元は、興味本位や物見遊山で殺気立つ戦場に足を運ぶような暗愚な人間ではない。彼なりに、金椛国の生き残りを模索しての思い切った決断であると、遊圭は理解している。

今回の行幸については、陽元のすることなすこと前例がなく、この特別仕様の馬車も、帝都の宮城から乗ってきたものではなく、河北宮で造らせたものだという。

「騎乗で移動できない、狭い馬車のなかで座っているだけでは体がなまる、というのはまことに馬鹿馬鹿しい。だが、試作品の馬車に試し乗りしたときに思いついたのだ。この揺れる馬車の中で立っているのは、なかなか足腰が鍛えられるぞ」

どれだけ床が揺れても、陽元の体は安定していて、棒につかまっている腕にも力は入っていない。万が一車輪が跳ね上がって、重心が乱れたときの備えでしかないようだ。

遊圭は、頭の横にあった棒につかまって、自分もおそるおそる立ち上がった。

均衡を保とうと足を踏ん張っているうちに、息も速くなり汗が出てくる。

「これは、たしかに、効きます」

「膝はゆるく曲げて、体重は踵に乗せるな」

速度重視で造られた皇帝専用馬車は、かつて夏沙王国へ降嫁した麗華公主の馬車よりも狭く、居心地が悪い。その中で皇帝とその義理の甥が、我慢比べの如く足を踏ん張っているのだから、遊圭は笑い出しそうになった。

「沙洋王には、そなたが縁談に乗り気ではないと書状を出しておいた」

陽元が唐突に切り出したので、遊圭は驚いた。

「一身上の都合でわがままを通して、申し訳ございません」

自分はもはや、一庶人ではないという自覚はある。明々はそれを遊圭に実感させるために、実家へ帰ったのだ。官界に入れば、豊かな暮らしはできるであろうが、庶民であったときとは比べものにならない苦労を明々に強いることだろう。

官界の常識を知らず、実家も頼れない明々を守り切る力と強さが、遊圭にはあるのか。

沙洋王の横槍はそう問いかけているかのようだ。

無論、沙洋王はそのようなことは考えていないだろう。中央につながる一本の縄のようなものと、遊圭の存在を捉えているに違いない。

「凰華郡主も大変失望していた」

いたましげな面持ちで言われると、遊圭としては返す言葉もない。庭園の四阿で、遊圭に茶を出した若い女官がその郡主であったと知らされたのは、出発前に叔母の宮へ挨拶に上がったときだ。

四阿では陽元との会話に集中していたので、女官の顔すらまともに見ていなかったのだが、さすがに礼を失した態度だ。もっとも前もって知らされていなかったのだから、たまたまそこにいた女官に注意が向くはずもないのだが。

確かに視界の片隅に映った簪や衣裳の裾は、一女官の物にしては艶やかであった気がする。郡主にとっては、晴れやかな見合いの席となるはずであった。

「もう、海東郡へお帰りになりましたか」

遊圭は罪悪感から訊ねた。目を合わせるどころか、郡主の顔もまともに見ていない。郡主本人が引き退がれば縁談は立ち消えだ。遊圭はあらためて明々を迎えに行ける。

本人の知らないところでいろいろ画策し、かき回してくれたものだと思う。人騒がせにもほどがあるが、傲慢と大胆さが、抗いがたい魅力を醸す沙洋王を思い浮かべると、腹立たしさは薄らいだ。

「行幸前の慌ただしさで、会う機会もなかったが、玲玉がうまく計らってくれたであろう」

遊圭は小さくため息をついた。

凰華郡主にしてみれば、まさか自分が拒絶されるとは、夢にも思わなかったことだろう。公式の書簡を父の代理で皇帝に届けるというのは、すでに決定済みの縁談であると解釈したからといって、郡主にはなんの責もない。むしろ恥をかかされたと激怒して当然であったが、そのような話は聞いていない。陽元の言う通り、玲玉が双方の行き違いについて、上手に取り計らってくれたのに違いない。

なぜ、河北宮に滞在していたときに、沙洋王は遊圭に直接申し込まなかったのかと陽元に訊ねる。皇族間の婚姻には煩雑な手続きと、皇帝自身の許可が必要であるというのが陽元の答であった。

しかも、陽元の言によれば、沙洋王は出立間際の挨拶の場で、急に思い出したように口にしたという。あまりに軽く触れた程度の話しぶりであったために、沙洋王の正式な書簡を持った凰華郡主が河北宮へやってくるまで、陽元は本気と受け取るべきか確信が持てなかったと話した。

「郡王たるものが、思いつきで娘の嫁ぎ先を言及するはずもなかったのだが、沙洋王はときに、かけひきとも冗談ともつかぬ物の言い方をする」

皇族の結婚は例外なく政略によって決まる。駆け引きがあったとして、白羽の矢を立てた先が遊圭だったことが、陽元を困惑させたのだろう。外戚とはいえ、星家と郡王家では、格が違いすぎる。

「沙洋王はご気分を害されるでしょうね」

遊圭は申し訳なさそうに言った。このために沙洋王が遊圭に意趣返しを図るだけならともかく、郡王家に恥をかかせたと、陽元に遺恨を抱えるようなことになったら取り返しがつかない。

陽元は口角を上げて応える。

「内患がまたひとつ増えたところで、どうということはない。今回の出兵でかなりの損失を出した海東軍と沙洋王の功績に相応に報いるのは当然としても、中央への発言力をこれ以上強められても困る。星家と郡王家の婚姻は、諸刃の剣だ。双方の結束を固めることで、互いに強力な味方を得るかもしれぬが、力が不足している方がいずれは呑み込まれる。そなたに、沙洋王を御することができるか」

遊圭は正直に横に首を振った。陽元は呵々と笑う。

「郡主が沙洋王から正式の書簡を持ってきたときには、私は一晩悩んだぞ。誰と結べばより有利に生き残れるのか、それぞれの選択肢がどう転ぶのか、吉とでるか凶とでるか。ああでもない、こうでもないと。こういう嵌め絵遊びや盤上遊戯がごときは、紹の得意とするところであったがな」

陽元は、家族とあるじだけが使うことのできる、陶玄月の諱を口にした。

青河を渡り、河西郡に入ると、風景は一気に茫漠としたゆるやかな丘陵地帯になる。ところどころ水場を備えた小さな村落や、城壁を持つ邑の周辺では、灌漑によって牧草地や果樹園の広がる緑地帯を形成しているが、目に入る大部分は痩せた草原とも荒れ地ともつかない岩砂漠だ。そんな土地でも、ひとびとは逞しく生きていることに、陽元は感嘆の息をもらした。

天子が宮城を出て辺境を視察するなど、金椛帝国では前代未聞のことであったが、胡人の移民も多い河西郡の群衆は、かれらの君主を歓迎した。街道には慶城の何十里も前から群衆が並び、花びらが撒かれ、錦衣兵と天河羽林軍に厚く守られた皇帝の馬車が通り過ぎるにつれて『万歳』の歓声が上がり、波のように地平の四隅へと広がっていく。

紗の幕を通して群衆の熱気を感じ取った陽元は、無意識につぶやく。

「守らねば、ならぬな」

守るべきは地図に描かれた国境線や、税収をもたらす国土だけでなく、そこに生きる人々であると、そう陽元が感じ取ってくれただけでも、この行幸には意味があると遊圭は思った。

「はい」

皇帝を迎えるにあたって、河西郡の太守蔡進邦、河西軍の総司令官ルーシャン游騎将軍をはじめ、遊圭にとっても懐かしい人物が顔をそろえて待っていた。遊圭の胡語と武術の師であった万騎長の達玖、後宮に隠れ住んでいた時からの昔馴染みで、砂漠越えの苦楽をともにした東瀛国出身の橘真人、いくつかの作戦に同行したルーシャン配下の将兵、そして朔露軍に破壊された方盤城や、嘉城の辺境から避難してきた役人や住民たちには、友人や顔見知りも少なくない。

しかし、遊圭は彼らと顔を会わせないよう、なるべく陽元の近くに控えていた。祝言が中止になったことを知らない友人たちから、祝いの言葉を聞きたくなかったからだ。祝言が実現しなかった理由について、詮索されるのもさらに嫌なことだ。そのため、常に皇帝の御前に伺候して、友人知人たちと私語を交わすことを避け続けた。官舎の自室に戻るのも深夜で、出てゆくのも未明という数日が過ぎ、論功行賞がすべて終わった。

正式に殿中侍御史の官職を賜った遊圭は、陽元の側近として蔡太守と王兵部尚書、ルーシャン将軍ら重鎮と、皇帝の城外視察についての検討にも加わる。

ルーシャンの守っていた楼門関を奪われたことは、本来ならば処罰の対象であった。斬首を免れたとしても、更迭ものの失態だ。しかし、嘉城まで侵攻していた朔露軍を楼門関まで押し戻したことで、ルーシャンの賞罰は相殺された。あらためて河西軍の総司令官としての采配を託され、一層の精勤を期待するとの言葉を陽元より賜った。

そのルーシャンが、河西郡の地図を前に視察に安全と思われる経路を説明する。

「嘉城まで行くのは危険です。哨戒部隊を絶えず巡回させて朔露を牽制してはいますが、嘉城とその周辺の住民は、ほぼすべてこの慶城か周辺の邑や村に避難させています。そのため嘉城一帯は荒廃し、朔露の偵察に限らず無法者の根城にもなっています」

「敢えて危険を冒すつもりはない。冒したくとも、この身は取り換えが利かないからな」

陽元は皮肉な笑みを浮かべて地図を眺め、同席する王兵部尚書から遊圭へと視線を移し、ルーシャンにうなずきかける。

慶城に向かう馬車の中で、城外視察についての意見を陽元に求められたとき、遊圭は正直に反対した。天子が前線に立つという前例が金椛国にはない、というのが反対の理由ではなかった。陽元の身に何かあれば、金椛国は内乱となり、朔露大可汗は戦わずして金椛国を征服できてしまうからだ。

皇太子の翔は成人まで何年も待たなくてはならず、母后による垂簾(すいれん)政治を行うには玲玉は性格が温和に過ぎ、翔の後見を争うであろう高官をまとめることは難しい。そして陽元の異母兄弟もまた、皇帝の座を求めて暗躍しかねない。金椛帝国を掌握するほどの権勢も軍事力も持たない皇子たちは、朝廷内の他勢力を圧倒するために、朔露と手を結ぶことすらためらわないだろう。

異母弟の旺元(おうげん)が謀反に失敗してから、陽元は兄弟に形ばかりの官位を与えて臣籍に下し、地方へ遠ざけた。先帝の兄弟、つまり沙洋王の父の世代には、皇子らが王号と領地を授けられたのと比べると、陽元の兄弟は不遇といえる。

とはいえ、代々増え続ける皇族に分け与えられる領地には限りがある。また、皇族であれ貴族であれ、領地の支配権が世襲化してしまうと現地の豪族と癒着して勢力を伸ばし、中央の弱体化を招く。それを防ぐために、試験によって選ばれた一代限りの特権階級が行政を執るよう整備されたのが官僚制度なのだが、皇室の権威を保つためには、一定数の皇族に政治の中枢を担わせる必要もあった。

沙洋王が朔露侵攻に対して即座に河西郡に駆けつけ、ルーシャンに助太刀をしたのも、自軍を持つ藩王であり皇族である郡王は、朝議の決定を待って出陣する臣下の将軍のような掣肘（せいちゅう）を受けることがないという、特殊な立場によるものだ。

沙洋王としても、朔露戦への参戦は中央への発言権を強め、朝廷における自身の影響力を伸ばすためであり、愛国心や義侠心（ぎきょうしん）、ましてや皇帝陽元への忠誠だけではない。

遊圭に郡主を縁付けようという申し入れも、己の落とした水滴がどのように陽元とその臣下に広がっていくかを測るために投じた一石であったかもしれない。

このように、諸刃の剣とも不揃いの両輪とも言える皇族と官僚の均衡を取りながら、朔露の侵攻を防ぐために必要な朝廷の意識改革と制度の改正を行ってきた陽元の年月を、遊圭は玉座の近くに居て初めて知った。

いつもより早く仕事を終えて、尤仁（ゆうじん）と連れ立って庁舎から官舎へ向かう途中、遊圭は橘真人に呼び止められた。

「いやー。お疲れ様です！　新婚早々こきつかわれていますね。星殿中侍御史殿!!」

丸顔に伸びっぱなしの髭（ひげ）を珍しく整えた真人は、満面の笑みを浮かべて遊圭の肩を親しげに叩（たた）いた。

「橘さん」

「尤仁さんもご一緒で呼びに行く手間が省けました。みんなそろって昇進した祝いに、これから飲みませんか」

　ふたりと同じ方向へ歩きつつ、両手に抱えた大きな酒壺を持ち上げて見せる。

「橘さんは元気ですね。これだけ毎日忙しかったんですから、一段落したら早く休もうとは、考えないんですか」

　遊圭はあきれて言い返したが、真人は笑い飛ばす。

「何をおっしゃるんですか。こんなの序の口ですよ。あ、『序』じゃないですね。『序』は『始まったばかり』という意味でしたね。僕らはすでに幾度も死戦をくぐりぬけてきたわけですし、ついに朔露を楼門関まで退け、皇帝陛下自ら出馬なさる局面に及んだいま、『これからが佳境』と言うのが正しいですよね」

　丸っこい目と鼻をさらにまん丸く広げて、真人は断言した。長年の辺境暮らしでついた目の周りの隈が、丸顔の童顔のために大熊猫にも似た愛嬌を滲み出させている。

「しかも、この私の流浪の人生もですね！　いよいよ念願が叶うんですよ。これが祝わずにいられますか！　すべては遊圭さんとの出会いから始まったのですから、一緒に祝いましょう。お互いの幸福のために！」

　有頂天の笑みを顔いっぱいに広げて、真人は酒壺を高く掲げた。遊圭は少しひきつった笑みを返し、尤仁は好奇心を隠さず訊ねる。

「念願って、官位がひとつ上がっただけじゃないですか。橘さんの目標は、そんな慎ましいものだったんですか」

「昇進は手段ですよ、目標を達成するための」

「目標？」

怪訝そうに訊き返す尤仁の横で、遊圭が訳知り顔で冷やかす。

「我が世の春も極まれり、ですね。橘さん」

「そりゃそうですよ。やっと周秀芳さんと夫婦になれるんですから」

興奮で顔を赤くした真人は立ち止まり、思い切り胸を反らして自慢した。きょとんとする尤仁に、遊圭が端的に説明する。

「橘さんが都を追放されたことがあるって、前に話しただろ？　後宮の女官と恋仲になったのが原因だ。死罪にならなかっただけでも温情なのに、先の劫河戦で手柄を立てた褒美に、何を望むか陛下に訊ねられて、橘さんはその女官を賜りたいと願い出たんだよ。その命知らずさが逆に陛下に気に入られたみたいで、橘さんが女官の下賜にふさわしい官位になったころ、折を見て下さると約束なさったんだ。そこで、蔡太守のもとに里下がりするこの機会に、蔡才人の宮官たちと一緒に呼び寄せたというわけだ」

尤仁は「へえ」と眉を上げた。

「そりゃあ、めったにない栄誉だね。おめでとう、橘さん」

尤仁の祝福に満面の笑みで礼を返した真人は、再び官舎へと歩き出した。その背を追って、遊圭がすかさず付け加える。

「周さんはただの女官じゃない。末は医博士にも侍御医にもなれる才媛だ。我が国は優秀な人材を失うことになると、わたしは陛下に申し上げたんだけどね」

「それはひどい妨害をしてくれましたね、遊圭さん。僕は秀芳さんの才能と頭脳を無駄にするつもりはありません。家のことはひとを雇えばいいのです。もちろん僕が代わりに子を産むことはできませんが、それ以外のことでは、決して秀芳さんの医学の妨げになるようなことはしないと誓います」

尤仁は怪訝な面持ちで訊ねた。

「では、その周才女に医師の仕事を続けさせて、家は任せないのですか。下野して医師ともなれば、男の患者を診ることもあるだろうに」

遊圭は笑いながら応じる。

「それが、五品にも進んでいない橘さんに女官を賜る条件なんだ。慶城には、橘さんに嫁ぐためというより、臨床の経験を積むために派遣されたんだからね。でも若い女医生では、兵士や頭の固い土地の年寄りに侮られるかもしれない。だけど、河西軍の中堅軍官僚の妻であれば、不埒なことを仕掛ける不届き者もいないだろうと」

うんうんとうなずく真人の横で、尤仁はさらに目を見開く。

「陛下がそこまで気を回されたというのかい。下々の、それも女性の立場まで詳しくておいでなのだね」

「陛下が、というか——もともと女性医師の育成は、玄月の発案なんだ。玄月が世話になったとき、位が低いために侍医の診察を受けられず手遅れになったことが発端だ。後宮は男子禁制だろう？　後宮に医学を修めた女の医師が詰めていれば、病に苦しむ宮官が減るだろうと、玄月が陛下に奏上して女官医生の研修制度を始めた。陛下も玄月も、後宮の外にまで女官の医生教育を広げるつもりはなかったようだけど、女官たちが太医署で医学を修めるようになってから女医生の数も増えて、後宮だけの臨床例では幅広い経験が積めないから、優秀な女医生を外へ出して学ばせようという方向に進んでいるらしい」

　尤仁はますます驚いた顔になり、真人の顔をまじまじと見つめた。

「それじゃあ、せっかく妻を娶っても、互いに忙しくてなかなか会えないだろうに。橘さんは、それでいいのかい」

「僕の生まれた東瀛国では、中堅官吏が夫婦で宮仕えというのは珍しくありませんでしたから。むしろ、この国に身寄りのない僕ひとりの肩に、新しい家族の生活と未来を背負い込むよりは、共働きできるのはありがたいことです。それに――」

　真人は顔を赤くし、頭をポリポリと掻いて付け加える。

「当てもなく駆け落ちしようとして失敗したのが六年前。秀芳さんとは今生では二度とは会えないと思っていたんですよ。それが、双方暮らしの立つあてがあるいま、夫婦になれるんです。こんな幸運に文句を言ったら罰が当たります。ひとつ屋根の下に暮らせるだけで本望です」

図太さとずうずうしさで異国を単身生き延びてきた真人が、そのような一途さを持ち合わせていることに、遊圭は感心した。一方、尤仁は信じられないといった風情でかぶりを振った。異国人と女官の恋が成就するという、常識では考えられない出来事に、尤仁は驚きを通り越して好奇心が湧いたようだ。

官舎に着き、遊圭の部屋に上がって瓶子や杯を並べる手間ももどかしげに、秀芳とのなれそめを訊ねる。

「後宮の女官と、いったいどうやって知り合うことができたんだい」

真人は、かつて自分が留学生の待遇で宮城の図書寮に出入りしていたとき、医生官試験に必要な書籍を借り出すことができず苦労していた秀芳たちに代わって、教書を借りていたことを説明した。

「役人も学生たちも、女医生候補たちにずいぶんと不親切で驚きましたよ。大卓を占領して勉強させないようにしたり、お付きの宦官に唾を吐いたり。ねえ遊圭さん」

同意を求めてきた真人に、遊圭は少し高めの声で応える。

「そうらしいね。その折は、橘さんにとても世話になったって、シーリーンから聞いているよ。わたしからも礼を言う」

かつて女官に扮して後宮に隠れ住み、医生官試験まで受けたことは尤仁にも話していない。信頼できないから打ち明けないのではない。その秘密は遊圭の失脚を招くだけではなく、陽元の治世を左右する醜聞に発展しかねないため、直接かかわってしまった人間以外は知る必要のないことであったからだ。

口元に浮かべた微笑みと裏腹に、まったく笑ってない上に圧のこもった遊圭の目つきから、真人は後宮時代の話は避けるべきと察した。さりげなく話題の方向を変える。

「ええ、シーリーンさんは残念ながら試験に通らなかったようですが、立派に後宮の薬食師として両陛下の信頼を得ておいでだそうですね。河北宮では会えましたか」

「元気にしてました」

「それでですね。折り入って遊圭さんにお願いがあるんですよ」

真人は屈託のない笑顔で、遊圭の杯に酒を注ぐ。

「わたしにできることなら」

「僕と秀芳さんの祝言で、媒酌人をしてもらえますか。明々さん、まだ河北にいるんでしょう？　呼び寄せるのに半月もあれば足りますか？　こちらも準備がありますから、それくらいの余裕を見てですね――」

急に表情のなくなった遊圭と、口をパクパクさせつつ話をやめるよう片手を小刻みに振る尤仁に、真人はきょとんとした目つきでふたりを見比べる。遊圭はなみなみと酒をたたえたままの杯を卓に置いた。

「悪いけど、橘さんのお役には立てません。他の人に頼んでください」

いきなり剣呑な口調で断る遊圭に、真人は面食らった。

「そりゃ、慶城なんて前線に、明々さんを呼び寄せたくない気持ちはわかります。でも、僕には頼るあてもなくてですね。知り合いの官吏は単身赴任ばかりで。ほら、蔡太守もルーシャン将軍もそうでしょう？」

「まだ、祝言は挙げてないんだ。わたしたちも同じ理由で、媒酌人のなり手がいなかったので」

「そんな馬鹿な。河北宮には所帯持ちの官吏が大勢いるでしょう」

真人が間の抜けた声で問い返すと、遊圭は苛立ちを抑えるのが難しくなってきた。平静でいられない遊圭の気持ちを汲んで、尤仁がことの次第を真人に教える。

「そんなことがあったんですか。それにしても、沙洋王殿下が――」

真人は唖然として言葉も継げない。遊圭は乱暴に杯をあおって、蘇る鬱憤をここで吐き出す。

「明々が帰郷してしまったのは、叔母様の差し金だった。叔母様は明々に身を引けなんて言わなかったと言い張るけど、同じことじゃないか。わたしには明々以外の女性を正室にするつもりがまったくないってわかっているから、わたしのいないところで明々に側室になれって勧めたんだ。そしたら明々は身を引くしかない」

感情的になって身内を詰る遊圭を、尤仁がたしなめる。いくら叔母といえど皇后を非難するのは適切ではない。

「皇后陛下が明々に側室になるよう勧めたのは、身を引かせるためじゃないと思うよ。本心から、それが遊圭と明々のためになるとお考えになったんだ。まさか明々が遊圭に相談せずに出奔するとは、皇后陛下も思わなかったんじゃないかな」

遊圭は目を瞠って親友を見つめた。玲玉に会ったこともない尤仁に、なぜわかるのだろう。とはいえ、明々が家族と帰郷してしまったことを知った玲玉がとてもうろたえ、遊圭に何度も謝罪したのは事実だ。

「宮仕えのつらいところだよ。君の場合は、君の身ひとつだけですむ話じゃないし」

尤仁は、怒りのおさまらない遊圭をなだめる。

生まれこそ低い明々だが、遊圭にとって、その魂の気高さはどんな高貴な姫君にも劣らない。短い後宮暮らしでは散々な目に遭って宮廷の闇を知り、そこで身につけた薬食の知識で自分の薬種屋を開いて営み、遊圭の求婚に応えるために、国境を越えて砂漠地帯を追ってきた豪胆で聡明な女性であった。

「君たちの関係が、非常識なんだよ。僕にしたって、どうして君が明々を正室にとこだわるのか、さっぱりわからない。君が彼女を大事に思っているのは理解しているし、僕から見ても明々は素晴らしい女性だと思うよ。だけど、君はいまや皇帝の片腕を嘱望される若き官僚だ。しかも皇族に準ずる議親として、この国で望めるもっとも高貴な女性を娶る資格もある。義理の叔父が皇帝陛下、郡王が岳父。いったい何が不足なんだ？」

受験時代をともに乗り切り、国士太学における劉宝生一族の不正にともに腹を立てて、国の正しい在り方について語り合った親友にして、この感覚である。

族滅されて誰一人頼る者なく、生死の狭間をさまよっていた遊圭を救い、さまざまな困難を共に乗り越えてきた明々には、最高の幸せを贈りたいと、ただそのためにこの日まで突っ走ってきたのに、土壇場にきて当の明々に拒絶された遊圭の痛みを、誰もわかりはしないだろう。

「尤仁は糟糠の妻や婚約者を離縁して、公主や高官の令嬢を娶れって言われたら、そうするのか」

遊圭は怒りを抑えながら訊ねた。是と返事をされたら殴ってしまいそうだ。尤仁は少し考えて答える。

「そんな機会は、間違っても僕には巡っては来ないだろうけど――そうしなければ、一族に累が及ぶとなれば、そうするだろうね。僕の妻も、離縁するくらいなら側室に下がることに文句は言わないだろう」

遊圭は腰を浮かせた。

「君は妻帯していたのか！　いつの間に？」

尤仁が既婚であったことは寝耳に水だ。国士太学の受験前からのつき合いで、童試の前に妻帯していたという話は聞いていない。しかも、その後は軍事に関する情報を漏洩した罪で逃亡し、出家して寺に潜伏していた尤仁に、結婚する余裕や機会があったとは。

「こっちへ赴任する前に、郷里に立ち寄ったって話したろ。そしたら幼馴染みの娘がまだ結婚していなかったから、すぐに祝言を挙げることになった。もともと親同士の決めた許嫁だったんだけど、僕が漏洩の罪に問われて逐電してからも、よそに嫁がずに僕を待っていたらしい。田舎だから、お尋ね者と縁があったというだけでも、良縁はこなくなってしまう、ってのもあったんだろうね。僕が実家に顔を出したその夜に『うちの娘をどうする気だ』って彼女の親がねじ込んできた。僕の親には異論はないってことで、僕もまあ、その」

　尤仁は顔を赤くし、肩をすくめて告白した。

「君命で急ぎ赴任先に行く途中で、何をやってたんだって言われそうで、なんとなく言い出せなかったけど」

　しばらく呆然としていた遊圭であったが、ふつふつと怒りが湧いてきた。

「じゃあ、どうして君が媒酌人を引き受けようって言ってくれなかったんだ？」

「それは、僕も考えたんだけどね。いまは妻を呼び寄せられない。最新の手紙で、懐妊の知らせを受け取った。三日しか一緒に過ごさなかったから、まさかこんなに早く子どもができるとは思わなかったけど。戦争が終わって帰郷したら、僕も親父だ」

　しまりなく笑う尤仁の顔を、遊圭は啞然として見つめる。やがてひと息ついて、「それは、おめでとう」とため息とともに親友の幸いを祝った。

　親友の二重にめでたい報告であるはずなのに、おそろしい疲労感と敗北感に打ちのめされる。遊圭は瓶子からそれぞれの杯に酒を注いで渡した。

「尤仁の結婚と奥方の懐妊、おめでとう」

なるべく気持ちを込めて言ったつもりだが、うつろな響きは誤魔化せない。

「ありがとう、遊圭。乾杯」

ふたりの言い合いに、口を挟めず黙っていた真人が、慌てて杯を掲げて乾杯に加わった。

「尤仁さん、おめでとうございます」

「ありがとう」

尤仁は微笑んで杯を受け取り、ふたりからの乾杯に応えた。それぞれに苦難を分かち合ったともがらの祝い事に、自分の不運が影を落とすわけにいかない。遊圭は咳払いをして真人に向き直って提案した。

「慶城に家族のいる軍人や官吏なら、心当たりがある。万騎長の達玖さんなら地位も年齢も申し分ない。明日にでも話をしてきます」

「助かります！　遊圭さん！」

飛び上がって喜び、杯になみなみと酒を注いで礼を繰り返す真人に、遊圭は複雑な思いで杯を干した。

友人たちが自室へ帰り、ひとりになった遊圭は寝台に上がって布団に潜り込んだが、なかなか寝付けない。かなり飲んだのに、さっぱり酔いが回らないのだ。

親友の尤仁がすでに家庭持ちであったことに加えて、これから真人と周秀芳の幸せに満ちた祝言に参列しなければならないと思うと、遊圭は素直に友人たちの果報を祝福する気分になれない自分自身に、いっそうの嫌悪感を覚えてしまう。

枕に額をぐいぐい押し付けて、くさくさする感情を押し出そうとしたが、うまくいかない。河北宮で周秀芳に再会し、真人に下されることはとうに聞いていた。何年も互いを想い続け、ようやく結ばれるふたりに対して、羨望を覚えたことなどない。金椛国に家族のいない真人のために、祝宴に飾る縁起物だってうんと奮発した。しかし、その祝言を仲立ちしてくれと言われたら、とたんに理不尽な苛立ちが湧き上がる。

自分はこんなに狭量な人間だったのかと、自己嫌悪が募る。

遊圭は懐の隠しから襟巻きを出して広げた。明々が宿に置いていった襟巻きだ。刺繍された紅の寒梅は、厳しい冬を乗り越えて、雪の中に鮮やかに咲く花だ。あきらめずに待つという意味と受け取って間違いはないはずだ。

皇族とはいえ、辺境の一領主にすぎない沙洋王の気まぐれな一言で、すでに決まっていた祝言が吹き飛んでしまうような、いまだ不安定な遊圭の立場を思いやって、明々はすべてを一度白紙に戻したのだ。

遊圭は袖の下から普段使いの手巾を引っ張り出す。かなりくたびれてしまったその手巾もまた、明々の手によって寒梅の刺繍がされている。明々は何着も衣装を作って遊圭に贈ったが、刺繍入りの小物はこれが初めてだった。実用的な衣服や小道具しか作ってこなかったのは、日々の生活の中で装飾品を手掛ける必要がなく、刺繍や絵画などを学ぶ機会がなかったせいだろう。だが、一枚目の拙い刺繍に比べると、二枚目の寒梅はとても見事に仕上がっている。必死で練習したのであろうし、おそらくは刺繍に長けた蔡才人からも多くを学んだのだろう。

　そうまでして縫った襟巻きに込められた想いを、遊圭は読み違えてはいけないと自分に言い聞かせた。

五、遠方より文来たる

　翌朝、夜明け前に遊圭の部屋の扉を叩く使者があった。大至急ルーシャンの官舎へ来るようにとの伝言をもたらして去る。

　陽元の前に伺候するにはまだ一刻余裕ある。遊圭は官服に着替えて、ルーシャンの許へ急いだ。

　ルーシャンの官舎には、意外な人物がいた。

「郁金、無事でよかった」

　もともと表情の乏しい郁金だが、遊圭の気持ちのこもった再会の言葉に、少しはにかんだような、かすかな笑みを返す。

　明るい色の髪と瞳に、顔立ちは東方人の特徴を持つ郁金は、胡人と金椛人の間に生まれた少年だ。早くに親を亡くし、陋巷に集まる怪しげな商人らの間で、胡語と金椛語の通訳として日銭を稼ぎつつ生き延びていたところを、玄月に拾われ陶家に引き取られたという。玄月が監軍使として楼門関に赴いたときは、侍童としてついていった。

この二、三年で見違えるように背が伸び、肩幅も厚みも青年の域に達した郁金は、ルーシャン軍の兵士らと並んでも見劣りはしない。

先の玄月救出作戦では、朔露の王庭に潜入して連絡役を務めたが、海東軍の介入でふたたび玄月とはぐれてしまった。玄月の父親、陶太監へ事の顚末を報告するために遊圭とともに虚しく河北宮へ戻ったものの、陽元と陶太監の許可を得て、ふたたび慶城のルーシャンの配下に戻ったことは、遊圭も聞いていた。

「楼門関は、どうなっていた？」

郁金が慶城に舞い戻ったのは、ルーシャンが絶えず西へと送り出す斥候や密偵の仕事を引き受けるためだ。朔露軍に近づいて隙を窺い、機会があれば紛れ込んで情報を収集する。そのうち玄月の消息を引き当てるのではというはかない期待が、郁金を突き動かしている。

郁金は固い面持ちで、遊圭に小さくうなずいた。

「楼門関も方盤城も、すべて焼け落ち、瓦礫と消し炭の山になっていました。城内にはまともな屋根のある家はなく、だれも住んでいません」

城や家が焼けてしまっても、移動可能な穹廬に暮らす朔露人には、痛くもかゆくもないのだろう。

「朔露は、完全に方盤城を破壊してしまったのか。朔露大可汗にこれ以上の侵入を許せば、嘉城も慶城も同じ道をたどることになるんだろうな」

遊圭は嘆息し、郁金と遊圭を引き合わせたルーシャンも重々しくうなずいた。

「とにかく、郁金が無事に戻ったということは、ラシード隊はうまく朔露側の傭兵部隊に入り込めたということだ。そのことは朗報に違いない」

郁金は力強くうなずく。

「僕は、すぐにラシード隊長のもとへ戻ります。今回は玄月様の消息について報告するために帰還しただけですから」

「玄月さんの無事が確認できたのか！」

遊圭が勢い込んで訊ねると、郁金はふたたびかすかに微笑み、ルーシャンに目配せした。ルーシャンは片手を上げ、人差し指と中指で挟んだ布帛をひらひらさせた。

「我が監軍使直筆の書状だ。郁金は大手柄だな」

布帛を遊圭に渡し、その手で郁金の肩を誇らしげに叩く。遊圭は受け取った布帛を広げて、そこに書かれた文字を見つめた。その筆跡のたしかさと、玄月の為人の変わらなさに安堵する。几帳面ながら勢いのある流麗な書体に、早春に負った肺挫傷の影響や、枷に繋がれ衰えた下肢、そしてこの夏まで敵陣に囚われ続けているために、積み重なったであろう心労の痕跡は見えない。

――元気そうだ。良かった。

まずはそう胸の内でつぶやき、遊圭はあらためて一字一句丁寧に、書面を分析し始めた。内容は辺境に囚われた一兵士が家族に宛てた手紙の体裁を取っていて、家族の無事と再会を祈る平板な文章そのものには、玄月の消息も朔露軍の現状も書かれていない。

「すみません。紙と筆をください」

後宮と朝廷における内部調査のために、玄月の編み出した暗号は数通りある。音読して別の意味が隠れていないか確かめ、不要な文字や意図的な誤字があれば、その偏や旁の示す字を拾い出して文章を並べ替えていく。

遊圭は書き直した文章から目を上げ、ルーシャンに微笑みかける。

「将軍はもう解読されたんですよね」

「おう、答合わせをするなら、遊圭の解読が一番正確だろうからな」

「現在は大可汗の書記を務めていて、命の危険はない。河西軍の監軍使であることが知れないように、林義仙という偽名で通している。相手が油断するまで、しばらくはおとなしく大可汗の求める実務をこなしてゆく――だそうです」

遊圭が読み上げると、ルーシャンは満足げにうなずいた。

「俺の解釈も似たようなものだ。この布帛を受け取る前、つまり朔露可汗の書記になる前の成り行きは、郁金が直接会って本人から聞いている」

話を促された郁金は、まずラシード隊がどのようにして、朔露大可汗の穹廬都市において通商許可を持つ隊商の傭兵に収まり、朔露の本拠地に出入りして玄月との接触を図ったか、というところから始めた。

国と国は戦争しているが、商魂たくましい商人たちは東西の産物をやりとりし、大可汗ユルクルカタンも交易を奨励しているという。金椛国の産物はさすがに少ないものの、それだけに人気があり、そうした品物を扱う商人たちに近づくことで、ラシードらが入り込む余地があった。

交易商に紛れて市場に潜り込んだ郁金は、玄月との再会を果たした。

海東軍の夜襲からヤスミン妃を救出した玄月は、足を骨折して遊圭たちのあとを追えなかったこと。その後はヤスミンの夫イシュバル小可汗に気に入られて、朔露に捕らえられ方盤城から強制移住させられたほかの金椛人たちとともに、史安市に連れて行かれたこと。イシュバル小可汗は史安市の都令として、移民管理における玄月の実務力を頼りにしていたが、玄月が金椛人の文官であることがユルクルカタン大可汗の知るところとなり、招聘されて穹廬の都に仮住まいを与えられているということを、玄月は郁金に語ったという。

「なんとも数奇な巡り合わせだ」

ルーシャンと遊圭は同時に感嘆の息を漏らした。郁金が付け加える。

「そのときは、大可汗の書記ではなく、末端の通詞をさせられていたようです。次に送られてきたこの布帛のほかに、大可汗の書記に取り立てられてからは監視の目が厳しくなったので、しばらくは連絡を絶つように書き添えてありました。この布帛を持ち帰った天月も監視役に覚えられてしまったので、連絡には使えない、送り返さなくてよいとのことでした。通信手段をどうしたらいいか、ラシード隊長は頭を悩ませています」

「天月が使えないとなったら、直に接触するしかないのだろうけど、郁金の顔も覚えられている可能性があるんだね」

「僕のときは何もされなかったんですが、次の市からは一度でも玄月さんが物を買った胡人の商人は、みな所持品や商品、身元を調べられているそうです」

「それは、ラシードも難儀だな」

ルーシャンは赤く縮れたあごひげを指先でひねりながら考え込む。遊圭も思案の末、口を開いた。

「つまり、交易商を装ったこちらの連絡員が玄月と接触できるのは一度きり、話はできないが、商品のやりとりはできるということだね」

郁金は自信なげにうなずく。遊圭は考えこみつつ、当面の手を打つ。

「商人を装うことのできる連絡員をできるだけ集めておこう。玄月の体調も胸を挫傷したり、骨折したりと、どれだけ回復しているかも心配だ。わたしが行って診ることができればいいんだけど、生粋の金椛人とすぐばれる」

ルーシャンがにやりとして口を挟む。

「送り込める胡人の薬師なら、ひとりいるぞ」

「いましたっけ」

遊圭は、河西軍に所属する顔見知りの医官や医生官を思い浮かべたが、みな金椛人である。医生官の多くは都の太医署から派遣されるので、胡人はあまり多くない。

「まあ、女性を敵地に送り込むのは気が進まんが」

ルーシャンは眉を曇らせ、目を逸らして言葉を濁す。遊圭の脳裏にシーリーンの面影が浮かんだ。

「無茶です。シーリーンには皇室の薬食師という重要な仕事がありますから」

それでなくても、大切な母代を朔露のど真ん中に送り込むことなど、遊圭には考えられない。即座に断った遊圭だが、郁金のすがるような瞳と目が合い、戸惑ってしまう。郁金とシーリーンは面識があったろうか、と遊圭は訝しむ。玄月が楼門関に監軍使として赴任してきたときに、楼門関で何度か顔を合わせたことはあるだろう。しかし、シーリーンの兵士にも劣らぬ弓馬の技や、薬師としての知識と実績、どのような危地も臨機応変に切り抜ける機転を、郁金が詳しく知るはずはない。

郁金はおずおずと進み出た。無意識に両手を握り合わせている。

「シーリーンさんは、とても勇敢な戦士で、有能な薬師で、機知に富んだ女性だそうですね。あの死の砂漠を縦断して、王慈仙の陰謀をも蹴散らし、遊圭さんを守り抜いて都へ生還されたほどの」

「玄月さんが君にそう言っていたのか」

遊圭は文字通り苦虫を噛みつぶした顔で問い返す。

過大評価ではないし、シーリーンの護衛なくして、遊圭が死の砂漠と王慈仙の魔手から生還できなかったのは確かだ。しかし、その功績がすべてシーリーン個人の能力に帰するような評価には納得がいかない。橘真人の捨て身の協力や、玄月の宦官侍童でもあった菫児の助けもあったし、何より遊圭としても、大変な苦労と努力を重ね、機転を利かせて生き延びた任務だったことは認めて欲しかった。

とはいえ――

「確かに、朔露側としては、女性が接触することは盲点かも知れませんね」

考えれば考えるほど、シーリーンほどの適材はいない気がしてくる。それに、無断でルーシャンの提案を握りつぶしてしまっては、当のシーリーンから『なぜ私の意見を訊かぬ？』と叱責されそうでもある。

遊圭は嘆息して郁金に向き直った。

「一応、本人の意見は聞いてみるけど、当てにはしないでくれ。皇后陛下のお許しが出たとしても、呼び寄せるのは時間がかかるからね」

そうした打ち合わせも兼ねて、陽元に拝謁して玄月の無事を奏上するべきという遊圭の説得に、郁金は首を横に振った。一日も早くラシード隊に戻り、玄月の次の連絡を待ちたいという。

「陛下から、玄月さんにお言葉があるかもしれない。陛下が慶城まで行幸されていると知れば、玄月さんも生還の決意をいっそう固めてくれるだろう」

一時は、自分の命と引き換えに、朔露大可汗の暗殺まで思い詰めていた玄月だ。蔡才人も慶城で待っていることを知らせれば、さらに効果がありそうだ。

蔡才人も、玄月にことづけたい想いや差し入れがあることだろう。

「少なくとも、返事を書く時間をくれないか、郁金。普通の手紙と違って、暗号に組み直すのは簡単な仕事じゃないんだ。荒野を渡ってきたばかりなのだから、陛下に謁見したあとは、少し休んでいくといいよ。疲れを溜めると、注意がもたなくなって、失敗しがちになる」

ルーシャンも賛成したことで、郁金は遊圭の意見に従った。

慶城の広間で、蔡太守らと朝議を行っていた陽元のもとに伺候した遊圭は、玄月の書を差し出した。生死すら定かでなかった幼なじみかつ側近の筆跡を目にした陽元の、威厳を取り繕った面に、水面に小石を落としたように広がる感情の波が見て取れる。

陽元は解読文を一読すると横に置き、布帛の書を手に取ってその文字に指を這わせた。

「陶監軍が生きて健やかであることは、筆跡から推し量ることはできる」

陽元は顔を上げて蔡太守を招き寄せ、ひと組の書を渡す。そしてルーシャンと遊圭にこの書簡をさらに分析する必要があるか下問した。

「それは単に生存と近況の報告のみを綴ったものです。特に重要なことは書かれていません。奪われることを用心して、朔露側の機密といった重要なことは、文書にできない状況であると思われます」

遊圭の言葉にルーシャンもうなずく。陽元は蔡太守に布帛の保管を命じた。そうすることで、玄月の直筆が蔡才人の目に留まるよう、計らったのだ。

そのように細やかなことに陽元が気を回すところなど、遊圭は想像もしたことがなかった。シーリーンによると、陽元は蔡才人の産んだ赤ん坊に、これまで生まれてきた皇子や皇女の誰よりも強い関心を示したという。宮城の外へ出す日には、最後に一度抱き上げて言葉をかけ、別れを惜しんだとも。二度と生きて会うことのない我が子と思えば、これまで淡泊だった親子の情といったものに、目覚めたのかもしれない。

その朝議に参列していた王兵部尚書が、監軍使が行方不明になったいきさつと消息についてルーシャンから説明を受け、危惧を明らかにする。

「しかし、当国の監軍使を捕虜にしたとなれば、朔露はどのような手段を使ってでも、陶監軍から我が軍や国内、朝廷などの情報を絞り出そうとしたのではないですか」

宦官は皇帝や皇族の周辺に仕えながら、そこにいないものとして扱われる。存在を無視されつつも、皇室の内情や国内の事情に、これほど詳しい人間はいないだろう。

「まして監軍使を任じられる宦官となれば、陛下の側近であることは自明。寝返るまで拷問されたという可能性もあります」

陽元の目配せを受けて、遊圭は揖に組んだ両手を軽く上げ、発言を求めた。

「この書でも偽名を使っているとおり、陶監軍は敵陣では巧妙に身元を伏せていたことが、先の楼門関戦で監軍の救出に向かったラシード隊長の報告でわかっています。夏沙王国に降嫁された麗華公主が、王都陥落の折に行方不明になっていることを利用して、公主の行方を追ってさまよっていた金椛人の近侍宦官であると、イシュバル小可汗を信じさせることに成功したもようです」

「それならば、何年も国を空けていたことにでき、金椛軍とは直接のつながりがないと、誤魔化せるというわけですか」

王兵部尚書は、半信半疑といった面持ちで、遊圭の話に耳を傾ける。

「近侍が公主の行方も突き止めずに帰国しては、厳しく処罰されます。帰るに帰れない流浪の宦官という筋書きに、不自然なところはありません。朔露軍に包囲され、逃げられないと開き直った陶監軍の方から、敵陣に潜伏するために投降したのでしょう」

「ずいぶんと機転の利く宦官ですな。その陶監軍とやらは」

王兵部尚書は感心の息を吐いた。まだ四十代の前半といった、軍務の最高責任者たる兵部尚書を務めるには、いささか若すぎる印象を与える人物ではあるが、皇帝の行幸に随行して前線の視察も厭わない新進の精鋭である。

この数年、兵部尚書の席は、ひとりの官僚によって温まることがなかった。非戦派の高官が大半を占めていた朝廷で、積極的に軍制を見直し、朔露との対決に備える気概を持つ人材を発掘し、軍事の最高責任者である兵部尚書に就けようという陽元の努力は、王兵部尚書を見いだしたことでようやく一区切りついたと、遊圭は聞いている。

国難の折に若くして閣僚となるだけあって、王兵部尚書は朔露側に潜入してきたという郁金の話にも熱心に耳を傾け、情報を新たにした。

その夜、遊圭は官舎に引き上げてきた尤仁を呼び止めて、自室に招き入れた。

「玄月の消息が少し明らかになった」

遊圭は湯を沸かし、茶の用意をしつつ郁金の報告を話して聞かせる。

「すごいな。陶監軍は、大可汗ユルクルカタンの側近におさまっているのか」

「側近かどうかわからないけど、書記という待遇で埋伏しているみたいだ」

玄月を公称で呼ぶ尤仁に、遊圭は苦笑する。かつて、尤仁は暴漢に襲われたとき、妓女の松月季に変装した玄月に助けられた。それから何年も玄月を女俠と思い込み、憧れつづけていたことはすっかり忘れてしまったようだ。

「そういえば、君はすでに妻帯していたのに、松月季と再会して、思いの丈を告げる気が満々だったわけだね」

「それはもう言わないでくれよ。助けてもらった後も、援助を受けていたんだから、借りは返す必要があるだろう？　陶監軍が生還したら、ちゃんと礼は尽くすよ。でもなぁ、筆跡もとても優しい感じで、てっきり女性だと思っていたよ」

遊圭は違和感を覚えた。玄月の筆跡は几帳面で美しくはあるが、女性的なところはない。立ち上がって書机の文書箱を開き、古い公文書の束から玄月の書いた申送状を探し出し、尤仁に見せる。

「これが玄月の筆跡だけど」

尤仁はまじまじと見た。驚きが目元から頬へと広がっていく。

「似てるけど、松月季とは違う。じゃあ、寺に仕送りをしてくれていたのは、誰だったんだろう」

遊圭は悲憤詩の書き付けを思った。そして、ああそうかと腑に落ちた気がした。あの悲憤詩を書いたのは、遊圭の疑念通り、玄月自身ではなかったかもしれない。

玄月に字を習った舎弟はひとりやふたりではないはずだ。玄月の書いた手本で字を学べば、似た文字を書くようになるだろう。とはいえ、玄月自身の現状を嘆いているとしか思えない悲憤詩の一節が、かれの家にあった理由を考えると釈然としない。

――そういえば、あの詩の作者は女性だったな。

遊圭は蔡才人が字を書くところを見たことはないが、あの詩に自らの苦しみを寄せて嘆く人間がいるとしたら、蔡才人しかいないのではないかという気がしてきた。幼い頃からの許嫁であれば、古今の詩歌をともに読み、玄月から字を学ぶこともあっただろう。祖母が物語を執筆する家に育った玄月だ。許嫁に書を読むことを求めたであろうし。

遊圭はなんとなく黙り込み、書類をしまい込む。湯が沸騰したのを見て茶を淹れ、尤仁に差し出した。

「たぶん、玄月が舎弟の誰かに君の世話を命じたんだろう。松月季の正体を悟られないように代筆させたんだ」

尤仁は「へえ」と感心し「なんというか、抜け目のない人物だね」と嘆息した。

「それだけ慎重なら、朔露に囚われても、うまく立ち回っていそうだ」

「そうだね。宦官ってひとを操るのがうまいなと思うよ」

玄月を陥れるために、遊圭の信頼を得て何ヶ月も欺き通した王慈仙を思い浮かべる。皇族や王族の私生活に入り込み、その秘密も心の内側にも深くかかわっているのが宦官という人種だ。

ヤスミンは『母を夏沙宮廷から追い出した金椛公主の近侍宦官』という、恨みも鬱憤も晴らせるおもちゃを虜にしたつもりであったろうが、玄月はヤスミンの癇癪持ちの性格、そして妊娠と長引く戦争によって、さらに不安定になっていた精神状態を見抜いていた。

周囲への八つ当たりでしか発散できないヤスミンの不安を取り除き、その身に怒りを引き受けることで、ヤスミンの癇癪を持て余していた近侍や護衛たちの信頼をも得る。心を癒やす楽曲を奏することができたのも効果的だったろう。

遊圭もまた、麗華公主捜索のために越えた過酷な砂漠では、同行した慈仙の天上の悦楽を思わせる歌声に、どれだけ旅の辛苦を慰められたことか。

「遊圭は宦官が嫌いなのかい。命がけで朔露の本拠地まで乗り込んで、玄月さんを救出しようとしたのに？」

不思議そうに訊ねる尤仁に、遊圭は微笑み返す。

「玄月のことは、尊敬しているし頼りにしている。でもね、玄月が底の知れない人物だということも、事実なんだ。ヤスミン妃を手玉にとったやり方では、稀代の覇王たる朔露大可汗に取り入ることはできないだろう。どんな手管を使ったんだろうなぁって」

「色仕掛けかな」

松月季の美貌にあっさり参ってしまった尤仁なら、そう考えるだろう。だが遊圭は、玄月の気性を知っている。大陸の半分近くを征服しつつある覇王に、どういう手段でその懐に入り込んだのか、大いに興味のあるところだ。

遊圭は、昨夜の残りの酒を杯に注いで、尤仁に差し出す。その酒を持ち込んだ真人を思い出した尤仁が、祝言の日取りが決まったことを告げた。

「達玖さんが、媒酌人を引き受けてくれて良かった」

遊圭はしみじみと言って、杯を空けた。

真人には家族も親戚もいないために、同僚が集まって新婦を迎えるための駕籠や提灯などの手配をしてくれているともいう。祝言も多くの友人が参列するそうだ。

異国出身の官僚に、女官が下賜されるなど滅多にあることではない。慶城に赴任する前の真人の功績について詳しく知らない者でも、朝廷のかれに懸ける期待度を推し量ることができる。その祝言の媒酌人を遊圭に頼もうとしたのは、真人特有の気遣いだろう。遊圭との出会いと戴雲国での共闘がなければ、真人の今日の幸運はあり得なかった。そのささやかな恩返しに応えることができなかったのは、遊圭自身のふがいなさであった。

尤仁が就寝のために自室に引き取り、ひとり夜中に残されると、明々の顔がまぶたに浮かぶ。真人の祝言に立ち会い、真人が周秀芳を新居へ迎え入れる行列に参加して、その様を笑顔で見届けることが遊圭にできるだろうか。

慶城で祝言を挙げることにしていれば、沙洋王の顔色など関係なく遊圭の頼みを引き受けてくれる同僚や友人には不自由しなかっただろう。真人と同日に祝言を挙げることになっていたかもしれず、もしそうなっていたら慶城は祭りのような騒ぎになったかもしれない。だが、そんな幻想ももう遅すぎる。第一、明々の家族を、いつ朔露が襲ってくるかわからない最前線の町に連れてくるわけにもいかなかった。

遊圭は油灯に足す油を取りに表に出た。空には銀河が流れ、夏の星宿が藍の闇を彩っていた。足下は危ないのに、頭の中はこの星空のようにはっきりとしている。懐から明々の置いていった襟巻きを出して、寒梅の刺繍を眺めた。運針のひとつひとつに明々の想いが込められている。

いつまでも待つということだろうか。それとも、いつまでも忘れないということだろうか。

身分の違いや、遊圭よりも年上であることに、引け目を感じていたのならば、そんなことは気にする必要はないと、はっきり明々に言ったことがあったろうかと、遊圭は後悔の念を噛み締める。いや、明々にはそんなことはわかっていたはずだ。沙洋王の横車のもたらす意味と、遊圭の朝廷における立場をはっきりと理解していたから、明々は家族とともに去ったのだ。

官界に入る前から、遊圭が強大な敵を作ってしまわないために。

星明かりの下に浮かぶ寒梅が滲んで見えない。

涙が込み上げるのは、惚れた女に去られたのが哀しいからではない。この世界で一番幸せにしたかった明々を引き留め、守り切れなかった己の無力さと弱さが悔しいのだ。

そんな頼りない男だと思われていたことが悔しくて悔しくてたまらない。

明々にそのような選択をさせた自分が情けなくて、許せなかった。気づかぬうちに地べたに膝をついて、寒梅を刺繍した襟巻きを胸に抱き、遊圭は唸り声を絞り出す。地面には夏の夕立のように大粒の滴がポタポタと落ちて、闇に染まる土をさらに黒く濡らしていった。

六、朔露の虜囚

星遊圭が河北宮に落ち着いて、祝言の準備に奔走していた初夏のころまで時は遡る。

陶玄月が西方の交易都市、史安城を治めるイシュバル小可汗のもとから、朔露大可汗に召喚され旧国境地帯に戻り、最初に目にしたものは、焼け落ちた楼門関と廃墟となった方盤城であった。

何があったのかと護衛の兵士らに訊ねようにも、かれらは胡語も金椛語も理解しない朔露兵ばかりであったので、事情を聞きだしようもなかった。実に、史安城からの十日あまり、ほとんど誰とも口を利かなかった。

捕虜や囚人の護送に使われる檻車に放り込まれることもなく、移動中に手足に枷をはめられることもなかった。一頭の駱駝を与えられ、野営では暖かな天幕も充分な食事も与えられたが、骨折の回復途上にある足を庇いながら駱駝を乗降する玄月に、手を貸す者はいない。

イシュバル小可汗に仕えていた役人という前歴のお陰で、甚だしい侮辱や虐待は受けなかった。しかし、金椛人の捕虜であり宦官でもあるという事実は、一般の朔露兵にとっては嫌悪や侮蔑の対象には違いない。杖を使って歩く玄月を遠目に監視しつつ、時に唸るような声で、身振りを交えた最低限の指示を出す。

大可汗の王庭が置かれていた湖の畔は、朔露に占拠される前の、かつてそうであった小村のたたずまいを取り戻しており、果樹園や小麦畑が繁りゆく緑を競っていた。大可汗の湖畔を埋め尽くしていた穹廬の町は、いったいどこへ行ってしまったのか。大可汗の後宮を中心に、その血縁に連なる朔露の貴族が集結していた町の人口は、かれらに仕える使用人や兵士、奴隷らを加えれば数千、あるいは万を超えていたはずだ。

だが、玄月がそうした疑問を抱いたところで、護衛の兵士らに答は期待できない。かれらはまっすぐに進む方角を見つめて黙々と進むだけだ。一日も早く本軍に合流し、同胞のくつろぐ穹廬で羽を伸ばしたいのだろう。

焼け落ちた方盤城を通り過ぎる。やがて、方盤城の水源であった北から流れる河岸に沿って穹廬の群れが視界に入る。それは、かつて目にしたことのないほどの、無数の穹廬の連なる大都市であった。

——水利はどうなっているのだろう。

これから単身で朔露可汗国の中心に入っていくという不安や緊張よりも、都市を営むために必要な上下水道などの基礎設備もなく、数千数万の人間が集まって暮らせることの不思議が玄月の心を占めた。しかし、その謎もまた自身の目で学び、知るしかあるまいと結論づける。

玄月の髪型と服装は胡人の風俗に倣った様式で、口を開いて金椛語や金椛訛りの胡語を話し出さない限り、かれが金椛人であることを悟られる心配はない。昨年の晩秋に鳶色に染めた髪も、真っ黒な地毛が頭部から首近くまで伸びていたが、それも帽子で隠せば、東方人の血を濃く引く辺境の雑胡に見えるだろう。

首から下の赤みがかった髪は、世話になったヤスミンの乳母サフランの手によって、東胡風に数本の三つ編みに編まれた日からそのままに、肩や背に流している。こうすると埃や風で髪が傷まないのだ、とサフランは乾燥した手に油をすり込んでは、玄月の髪を編みながら説明した。

駱駝や騎兵の小部隊の出入りなど珍しくないことや、このあたりではありきたりの風体のせいか、兵士に囲まれて人々や家畜の雑踏を行く玄月に、誰ひとり注意を払うことはない。

町の奥へ進むうちに、穹廬の規模が徐々に大きくなる。遠くに見える、無数の旗や幟に囲まれた円い城のような巨大な穹廬が、大可汗の宮殿なのだろうか。そこで大陸の半分を征服したという男にまみえるのだろうか。

そうした内心の期待は裏切られ、玄月は飾り気のない中規模な穹廬の前に連れて行かれ、そこに置き去りにされた。玄月の到着を知らされた朔露側の役人が中から出てきて、胡語で話しかける。玄月はようやく言葉の通じる相手と会話ができることに安堵した。

「あんたが、金椛語の読み書きができるという『マーハ』さんか。女の人かと思ったが——」

女名を名乗ってはいるが、金椛の女性にしては役人よりも少し背が高い。しかし、年の頃は二十代半ばと見えるのにひげも蓄えておらず、男ともつかない。彫像のように硬質な美貌でにこりと微笑めば、驚くほど優しげな面差しに変わる。

役人は混乱した表情で性別不詳の新参者を見上げた。玄月はその特徴的な透き通った低めの声で、自己紹介した。

「『マーハ』は胡人につけられた通り名だ。金椛名は林義仙。夏沙王国に嫁いだ金椛の公主に、近侍として仕えていた。陥落した夏沙の王都から脱出する公主とはぐれて辺境をさまよっているうちに朔露軍に捕まり、今日に至る」

本名ではなく、かつて自分を失脚させようと画策した同僚の名を名乗ったのは、用心のためだ。林義仙は夏沙王国へ降嫁した麗華公主の近侍として仕えた、実在の宦官であり、昨年まで行方不明となっていたことも事実だ。義仙は麗華公主を見つけ出した遊圭とともに金椛帝都へ帰還するはずであったが、玄月を陥れようとした王慈仙の謀(はかりごと)に与(くみ)し、そのために失明し、やがて罪が明らかになって処罰された。

その犯罪のために、義仙の帝都帰還は公式の記録には残されていない。玄月が実在した流浪の宦官になりすますには、都合のいい名である。

胡人の役人は、その彫りの深いくぼんだ眼窩(がんか)の奥で、灰色の目をしばたかせてうなずき、玄月に穹廬の中に入るように言った。

「まあ、文書が読めるんなら宦官でもなんでもかまわない。着いたばかりで申し訳ないが、さっそく仕事に取りかかってくれ。筆がいいか、それとも尖筆(せんぴつ)がいいか」

「どちらでも。だが金椛語を書くなら筆と墨が好ましい」

胡語の文字に比べて一文字の画数が多い金椛文字を書くには、墨をたっぷり含ませられる筆の方が向いている。

初日に玄月を迎えたその胡人が、玄月の上司となった。玄月の出自にはまったく興味を示さず、詮索(せんさく)もしない。このように無警戒で大丈夫なのかと、玄月ははじめのうちはいぶかしんだが、やがてこうした数ヵ国語の文書を扱う部署では、生粋の朔露人を見ることは稀(まれ)であることを知る。ほとんどすべての役人が、朔露によって征服された亡国の捕虜であり、あるいは帰順した国から徴発された文官や吏人であることも。

朔露大可汗の名において召喚されたことから、玄月はすぐにでも大可汗ユルクルカタンに謁見が叶うものと考えていたが、あてが外れた。

とはいえ、この広大な朔露可汗の帝国を支配するためには、膨大な数の官吏が必要である。玄月に関しては、不足している金椛語と胡語を操る人材というだけで、煩雑な仕事をさせるために呼びつけられたのだろう。

少なからず落胆する玄月に、最初に与えられた仕事は、方盤城から回収された膨大な書類の翻訳と、仕分けであった。金椛側の書類と格闘しているのは、興胡と呼ばれる東西を行き来する商人たちか、金椛王朝の前に中原を支配していた、紅椛人の役人であった。現在は金椛国に敵対する紅椛人は、もとは金椛人と同祖の椛族であり、使用する文字も同じであることから、朔露では重宝されているらしい。だが、父祖の地を離れて世代を重ねたために、金椛文字を詳しく知る紅椛人の数はとても少ないという。

大可汗がどういった情報を求めて、金椛語の書類を翻訳させているのかは玄月が知るよしもないが、重要な軍事機密や地理誌などは城に残されていなかったはずだ。

楼門関が陥落したとき、ルーシャンは早々に撤退を決めて住民を退避させた。特に河西郡と城の内外の機密を記した書類や、地勢を記した地図を抱えた文官の脱出は最優先に行われた。残されたのはせいぜい昨年までの作付けや、納税に関する末端の書類ばかりのはずであり、実際のところ玄月に回される書類は、伝票や中送状ばかりであった。

なかには自分が書いた書状を見つけてぎくりとするが、上司も周囲の役人も、金椛文字の筆跡を見分けられる者はいない。だが、玄月は用心のために少し自分の字を崩して書くようにした。

朔露大可汗の膝元にいるとは思えないほど、平和で単調な書類整理の日々が続く。各地から集められた文官や吏人らの行動に制約はなく、家族とともに小さな穹廬を営む者もいれば、独身者は数人でひとつの穹廬を共有していた。

玄月の上司は、自分が家族と暮らす穹廬に同居するように勧めた。鬱屈の溜まった被征服民の独身官吏らと同じ穹廬で寝起きすることは、若く秀麗な宦官には不向きと気を遣ったのだろう。玄月はありがたくその申し出を受け入れた。上司は子だくさんであったので、おそらくは子守の人手としても期待されていたようである。

史安市にいたときとあまり変わらない仕事と、帰宅すれば子どもたちに囲まれ、上司の気のいい妻に山盛りの羊料理を出される平穏な生活に、玄月は現実感を失っていくような気がしていた。

休戦中とはいえ、まだ朔露軍と金椛軍は、嘉城を挟んでにらみ合っているはずなのだ。一日も早く脱出して慶城へ帰還したいものだが、せっかく敵の中心に入り込んだのだから、有用な情報を得て、工作の機会があれば仕掛けを残して去りたいものではある。

仕事に慣れて余裕ができてからは、どこまで自由が許されるものかと、仕事が終われば辺りを散策することから始める。穹廬の都は金椛や夏沙のように繁華街があるわけではなく、酒楼や商店、娼館もない。自炊する穹廬もあれば、数軒ごとに兵士や労働者のための炊き出しをする屋台が、羊湯や炙り肉の匂いをあたりに漂わせていた。

り、物々交換ですませている。貨幣が流通していないのかと思えばそうでもなく、硬貨の意匠を施した看板を掲げた穹廬では、両替商が各国の金銀銅貨を換金していた。

玄月ら文官吏人の食事は、仕事場の近くでは無償で出されるが、異なる区郭で飲食する場合は金銭を払わねばならない。そして、生活に必要な道具を作る大工職や、冶金と鍛冶の工房は政庁から離れたところに集まっているらしい。

朔露帝国の首都ともいうべき穹廬の都における人々の暮らしに興味を引かれて、都市の外縁に歩いて行けば兵士に誰何され、所属と行き先を問われる。中心へ向かえば、外縁の兵士よりは上等の甲冑をまとった兵士に引き返すよう威圧される。

そのいずれでもない方向へ進むうちに、あたりは朔露人ばかりの区郭となり、金椛人の容貌に胡人の服装の玄月は要らぬ注目を集めてしまう。逃走に必要な、馬や駱駝の居場所は、いっこうに見つけ出せなかった。

そうして脱出経路を求めて町の様子を観察しているうちに、漠北の風は早くも秋の涼気を運んできた。

ここで冬を過ごすにしろ、脱出して荒野を渡るにしろ、防寒の装備が必要であった。去年から使用している外套はかなりくたびれ、綻びもひどい。毛織布や毛皮、手焙りに入れる練り炭などの燃料が必要であるが、どのように手に入れたものか思案していると、上司に声をかけられて、いままで行ったことのない町のはずれの区郭に案内された。

そこだけ穹廬の建っていない広場のような場所に、市が立っていた。

無数の派手な天幕、品物を並べた露店。売る方も買う方も、どこからこれだけの数の人間が集まってきたのかと驚くほどの賑わいを、玄月は唖然として眺めた。

「戦時下というのに、ずいぶんと交易が盛んなのだな」

「遊牧の民は交易の民でもある。戦時下だからこそ、商人の鞘を取って軍資金を掻き集める必要があるというわけだ」

そう言って、上司は金属音のする小袋を玄月に渡して言った。

「今日までの手当だ。胡人の商人が東西の珍しい物を売りに来ている。欲しいものがあれば買うといい。ただし、市場から離れるなよ。外部の人間の出入りが多いときは、朔露兵がにらみを利かせている」

短く礼を言って、袋の中身を見れば、銀が二割、銅が八割といった量の貨幣が詰まっていた。それぞれがどれだけ価値のあるものかわからないが、気晴らしに市を歩いてみることにした。

絹や綿の織物を広げる商人もいれば、葡萄酒や穀物酒の入った壺を並べている商人もいる。大小の陶器に木の細工物、宝飾品や日常使いの道具など。驚いたことに、金椛産の紙の束を扱う雑貨商まであった。製造法は門外不出で、帝都の中心地でしか生産されていないはずの紙が、国外に流出しているとは由々しい事態といえる。あるいは麗華公主の降嫁の折に、夏沙王国に送られた祝儀の品が、朔露の手によって出回っているのか。

紙の質をよく見ようと立ち止まった玄月の足下に、もこもことした灰褐色の毛玉がまとわりつく。見覚えのある毛並みに、思わず息を止めた玄月を、尖った鼻と黒曜石のように黒くきらめく目を持つ小獣が見上げた。

「天――」

危うく名を呼びかけそうになって、言葉を呑み込む。チッチッと舌を打つような音を立てて、仔天狗はふさふさした尻尾を振りつつ、雑貨商が客と交渉しているであろう小天幕へと消えた。玄月は迷わず仔天狗の後を追って天幕の中に入る。中で店番をしていた若者が飛び上がって玄月を迎えた。

「げん――」

玄月は人差し指を口に当てて、郁金が自分の名を呼ぶのを制した。再会に満面の笑みを浮かべた郁金は両手で口を押さえ、頬を引っ張って謹直な表情を作る。

「いらっしゃいませ。紙をご所望ですか」

「うむ。試し書きできる筆と墨があるか」

郁金はすぐに筆記具と紙を並べて、筆談によってかれがこの市にもぐりこんだ次第を説明した。胡語では盗み聞きされる不安があり、金椛語で話しているのを聞かれたら怪しまれるどころではない。

口では紙に関する質問と応答を繰り返しつつ、玄月は郁金の書き綴る書面から、ラシード隊が天鳳行路を行き来する隊商を護衛する傭兵に雇われ、朔露側の陣営を出入りすも客もいない。

る手段を得たことを知った。紙を扱う雑貨商はラシードが出させている店だ。傭兵部隊は護衛に雇われるだけではなく、自身の商品も扱うことが許されている。たいていは戦場稼ぎの鹵獲品や、不幸な村落からの略奪品であるが、そういったことを気にする商人も客もいない。

郁金は玄月が書面に目を通すと、裏返して玄月に筆を渡す。玄月は近況を短く書き綴り、連絡手段を打ち合わせる。

いつの間にか姿を消していた仔天狗が、ラシードを連れて戻ってきた。こちらも満面の笑みを隠しきれずに、頬を引きつらせつつも客に対する歓迎の口上を述べる。

しばらくののち、雑貨商の天幕から鼻の尖った灰褐色の小獣を肩に乗せて、紙の束と茶器の入った箱を抱えた玄月が出てきた。職場に戻ってきた玄月を見て、上司と同僚は目を丸くする。誰もが冬支度と、朔露人の町では手に入らない工芸品や日用の道具などを買い込むなか、玄月の買い物はまったく無駄な散財としか見えなかったからだ。

「毛皮や毛織物は、朔露人の牧民から求めればいいことだ。野菜や果物のなくなる冬を前に、良質の茶葉を蓄えることができたのは運がいい。この獣は以前から飼っていたのだが、先の夜襲で行方知れずになっていた。毛皮を剝がれることもなく、商人に捕まっていたのならば、いくらふっかけられても買い戻さないわけにいかない」

珍しく饒舌に上機嫌で応じる玄月に、同僚たちはあきれた目を向ける。

手持ちの寝具では少し寒くなりつつはあったが、天月の添い寝があればまだ耐えられる。久しぶりに慶城と金椛国の消息を知り、ラシードらの助けによる脱出の手立ても整いつつあること、自力で馬か駱駝を盗まずにすむことは、玄月の心をとても軽いものにしていた。

しかし、その希望も次の朝には萎むことになった。出勤するなり、朔露大可汗ユルクルカタンからの呼び出しを上司から告げられたのだ。

ラシードとの接触を、怪しまれたのだろうか。この穹廬都市に着いた日から、監視されているという気配がなかったために、油断してしまったようだ。昨日のように異国人の出入りする日に、見張りがつかないはずがない。ひとつの天幕に長居したことを怪しまれて当然であろう。できるだけ早く出てきたつもりではあったが。

「ここのところ、金椛語の書類の処理が早くなった理由を大可汗が問われたそうだ。それで、マーハが来てからだと答えておいたら、この呼び出しだ。気に入られれば出世の機会だぞ。推薦したおれも鼻が高い」

まったく嬉しそうに見えない玄月に、上司は不思議そうな顔を向ける。

「どうした。こんなところでやくたいもない翻訳作業に明け暮れているより、大可汗の書記官になれば大出世だ」

「では、どうしてあなたはここでやくたいもない作業に明け暮れているのか」

問い返された上司は、途方に暮れた目つきでため息をついた。

「ここの仕事は楽だからな。作業量は半端じゃないが、たいがいはどうでもいい書類の選別作業で、たいした責任もない。おれたちはいくつかの言語を少しばかり読み書きできるって理由で、重労働や兵隊仕事から逃れられているんだよ」

「私も、この職場は気に入っている。誰もが互いに干渉せず、気に入らない同僚に嫌がらせをする者もいない。競争もなく、みな、自分のことにしか関心がないようで、居心地が良い」

　上司はぐふっと噴き出すような笑い声を上げた。

「おれたちは母語の違うあちこちからの寄せ集め者だからな。同じ場所で働いていても、仕事以外のことでは言葉も話も、半分も通じていない。ここのぬるま湯のような生活が気に入っているんだ。そのうちまた戦争が始まって、隙を見て故郷に戻れないかと考えているやつらばかりさ」

　互いに関心がないようすで距離を取っていたのは、朔露の監視を怖れて互いを信用できないためだったようだ。それならば競争もいじめも生まれる余地はない。

「私もそうなのだが。大可汗に取り立てられては、大勢の親衛隊に囲まれて、戦争のどさくさにまぎれて祖国へ帰ることはできまい」

「だが、朔露は大きな国になった。祖国に義理立てするよりは、出世の梯子（はしご）が降りてきたらすかさずつかんで上るべきだ。いまだって、仕えていた公主とやらの行方がわからず、金椛に帰るあてはないのだろう？　だったら新しい支配者について金椛に凱旋（がいせん）するのもひとつの未来だな」

祖国に帰るあてのない宦官、という素性ゆえに、周囲は玄月に気を許している。玄月は寂しげに微笑み、小さくうなずいた。

「どちらにしても、大可汗の召喚は断れるものではないようだからな」

ラシードとの連絡がとりにくくなるが、天月がいればなんとかなるだろう。引き取っておいて良かったと安堵する。

玄月は、とてもフェルトと木材だけで建てられたとは思えないほどの、豪壮な穹廬に連れて行かれた。扉部分だけでも、かつて勤めていた後宮の延寿殿と同じ大きさだ。移動用住居といっても、建てたり撤去したりするのに一日や二日でできるとは玄月には思えない。これだけのものを造ったのなら、ずっとそこで定住すればいいのではと思ってしまうあたりが、豪邸に生まれて宮城で育った玄月の、発想の限界なのだろう。とはいえ、帝国の中枢がこのように宮殿ごと自在に移動するのであれば、大陸を制覇することもあり得るのだろうと感心する。

大可汗の穹廬に足を踏み入れれば、恒久的な建物としか思えない内部の構造と装飾に啞然とする。イシュバル小可汗の穹廬も壮観であったが、それでも恒久的な建物とは一線を画していた。しかし、大可汗の穹廬は一桁も二桁も違う。たった数ヶ月を暮らすために、一時的な住居を建てたとはとても信じられなかった。

いくつもの仕切られた部屋を抜けて、謁見の間に通される。

壁に巡らされた金と綾絹の帳、沈み込むように柔らかな絨毯が床に敷き詰められた謁見の間の最奥には、白貂の毛皮の敷き詰められた帝王の座が、床から三尺の高さに据えられている。そこから大可汗ユルクルカタンは玄月を見下ろしていた。

北大陸を統一し、西大陸を征服、いま大陸中央にその版図を広げ、東大陸をも呑み込もうとしている時代の寵児。しかし、その人物を一見した玄月は、替え玉ではないかと疑った。それほど、中肉中背の体格に特徴のない顔立ち、まぶたが重たげに目の上に垂れ下がった五十がらみの男に、帝王の威容を見て取ることができなかったからだ。

自らが卓越した戦士でもあったという大可汗だ。巨漢ではないにしても、他者を圧倒する覇気に満ちているべきではないか。

意表を突かれて、ユルクルカタンを見上げたまま立ち尽くす玄月の脛を、護衛兵が槍の柄で打った。歯を食いしばり、痛みに耐えつつ姿勢を保つ。折れた方の足でなかったことに安堵する間もなく、膝をつこうとしない玄月に、護衛兵はふたたび槍を振り上げて膝裏を打った。抗いようもなく膝が崩れ、骨折が快癒したばかりの足を庇って床にうずくまる。

イシュバル小可汗にしばらく仕えていた玄月は、朔露流の拝礼を知らないわけではない。しかし、自身の仕える君主のほかに膝をつかないという、骨髄に刻みつけられた矜持を力尽くで折られて、玄月は両手を床についた。

「文人の宦官と聞いていたが、兵士にも稀に見る気骨と強靭な足腰を有しておるな」

王座から、朔露訛りは強いが流暢な胡語で話しかけられ、玄月ははっと顔を上げた。

響きがあった。

その声量の豊かさと力強さににじみ出る威厳は、確かに一代で大陸に覇を唱えた帝王の

急所を打たれても悲鳴を上げず、倒れもしなかったことで、ただの宦官ではないことを見抜かれてしまった。

「義仙といったか。そなたの本職はなんだ。宦官兵にしては、容色も文官としての実務能力も、優れすぎているようだが」

ユルクルカタンの面白がるような口調に、玄月はどこまで真実を包み隠せるか考えを巡らせる。義仙が麗華公主に長く仕えた近侍であったことを思い、ユルクルカタンが抱える疑惑を解きほぐす。

「皇族に仕える近侍となるためには、文武どちらも優れてなくてはなりません。私はさらに、異国に嫁ぐ公主の侍従として、複数の業務に対応し、かつ護衛も務まるよう訓練を受けました」

皇族の近侍に選ばれるために必要な資質は容姿が第一であり、従順さと忠誠心が第二である。必ずしも各方面に優秀である必要はない。だが何千もいる宦官の中から皇族や妃嬪の近侍となることは狭き門である。何かしらの特技や能力があれば有利であった。

故に、嘘ではない。

「なるほど、竪琴の名手でもあると聞くが。では剣は扱えるか」

ユルクルカタンは王座から身を乗り出して問いかけた。細めた目から放たれる威圧感

に、玄月はこの人物が間違いなく朔露の大可汗であることを知った。

「型は習いました」

すでに武芸に心得のあることは悟られている。真の実力を知られないように韜晦し、相手を油断させなくてはならない。

「史安城からは駱駝に乗ってきたそうだが、乗馬はできるか」

「朔露の騎兵ほどではありませんが、多少は」

「イシュバルからは、そちは獣使いであるとも聞いているが、その獣はどうした」

昨日の行動もすべて監視されていたに違いない。脇に汗がじっとり滲み出る。

「西国の稀獣、天狗を飼っています。私が獣使いというより、天狗という獣が賢く、一度懐いた主人には、犬よりも強い忠誠心を持つようです。しかし成獣となり、さかりがつくと凶暴になるため、自然に放すのが一番よいのですが、何度放しても帰ってくるので、獣使いに見えたのでしょう」

天月はすでに目をつけられている。天月を持ち込んだラシードたちもおそらく警戒されている。近くに潜んで連絡を待っている郁金に、伝言を持たせた天月を放てるのは、ただ一度きりだ。その伝言に、次の市には来ないようにと警告せねばならない。

玄月の応えにふんと鼻を鳴らしたユルクルカタンは、話題を変えた。

「息子イルルフクタンの短気で方盤城を破壊してしまったために、金椛軍に関する文書はあまり手に入らなかった。手に入れたところで、何かの役に立つとも思えぬが、文字を操る連中は、敵に知られてはならぬ秘密をわざわざ書き残して、墓穴を掘る習癖がある。わしは世人が思うほど戦を好むわけではなくてな。年を取ればなおさら労少なくして利を得たいと思うようになった」

そこで言葉を切って、玄月の反応を観察する。玄月は相手の言葉を聞き取ろうと集中する異国人の真剣な顔を保ち、話の続きを待った。玄月が何も言わないので、ユルクルカタンはふたたび口を開く。

「皇族の近侍であったということは、金椛国の皇帝を見知っているか」

「お言葉を賜ったことはあります」

玄月は可能な限り控えめな表現で答えた。

「どのような人物だ」

少しの間を置いて、玄月は陽元の人となりを話す。

「闊達な性質をお持ちの君主と、お見受けしています」

「さもあらん。いま、そこの慶城まで来ているという。親征でもする気であろうか」

予測しなかった情報を、朔露大可汗そのひとの口から聞いた玄月は、己の顔色を保てたかどうかもわからない。いや、金椛国の宦官が、前線まで天子が行幸していることを知れば、顔色を変えない方が不自然だろう。

玄月は自然な反応として、驚き唖然とした顔でユルクルカタンを見上げた。

「ありえません。天子は天帝の定めた帝都を動くことあらず。自ら辺境に足を運ぶことなど、あるはずがない」

動揺を隠せずに断言する玄月に、ユルクルカタンは楽しげに呵々と笑う。

「そのあり得ないことが起きているようだ。朔露の王は、金椛の天子とやらが自ら起って迎え討つに、ふさわしい宿敵と見做されたようだ。だが、金椛の皇帝は戦など経験したことのない、そちと年の変わらぬ若造であろう。天帝の援けとやらで、わしに勝てるつもりでいるのであろうか。そちはどう考える？」

少年のころから陽元に仕え、長じては金椛国の内政と軍事に通じた玄月である。陽元が親征して全軍の采配を揮ったところで、ユルクルカタンに対抗できる可能性については冷静に判断できる。

まして、朔露大可汗そのひとと対面して、帝王の器というものを目の当たりにした現在では、なおさら金椛側の運命を憂えてしまう。ユルクルカタンの底の知れない瞳は、大陸のすべてを吸い込んでしまいそうに、深く貪欲であった。自分はもちろん、陽元の敵う相手ではない。金椛国の総力を以てして、ようやく撃退できる相手であると実感する。いまこの瞬間も、思えば謁見の間に足を踏み入れたときから、わずかの隙も見せないこの男を暗殺できるなどと思った自分を恥じてしまうほどだ。

だが、すでに大陸の半分を手にしたユルクルカタンには、驕りが見える。隙があるとしたら、そこであろう。玄月は床に目を落として、肩を震わせた。

「卑賤の私ごときは、ただ天意に従うのみです」

「では、天が朔露の王に従えと命じれば、そちは我らにつくか」

すかさず言質を取りにくるユルクルカタンに、玄月は「御意」とだけ答えた。

ユルクルカタンは近侍を呼びつけ、朔露語で何かしら命じた。側近が出て行くと、まもなく九人の文官が列を成して入ってきた。朔露人らしき者はいない。

「皆の者、この者はわしの十人目の書記官だ。金椛国はいまだ征服してはおらぬが、金椛人の優秀な文官を手に入れたことは、吉兆といえよう。これで大陸に名の知れた国々がほぼすべて、我が支配下におさまることになる」

九人の書記官は、顔立ちも衣装もまちまちであった。西大陸から中央大陸にかけて、洗練された文明を誇った国々から集められた行政官や文官らは、表情もなく玄月を一瞥し、意思を持たぬ人形のようにユルクルカタンの前にひれ伏した。

一斉にその口から発せられた言葉は玄月には理解できなかったが、金椛語であれば『皇帝陛下万歳』に相当することは察せられた。

七、華燭の典

早朝、遊圭は陽元に従って、早くも霜の降り始めた慶城の城壁に登った。ルーシャンとその幕僚も随行する。いまこのときも、西へと延びる街道の彼方には、朔露軍が地平を覆い尽くしていることを誰もが痛感している。

陽元は数歩ごとに、なだらかな丘の続く地形のあちらこちらを指してルーシャンに問いを発し、ルーシャンは朔露が攻めてきたときの防衛について説明した。そのやりとりに、遊圭は注意深く耳を傾ける。

慶城の周辺を見下ろせば、数十万という軍兵が集結して、決戦に臨む日を待ち構えている。

皇帝の行幸とほぼ同調するように、それまで兵を出し渋っていた地方の太守らも援軍を送り始めた。万単位の軍隊を動かし僻地へ送るには、数ヶ月の準備を要することを思えば、この行幸を前に陽元がいかに心を砕いたか想像に難くない。

親征を軽率と誹る高官もいる一方で、天子が自ら出馬することで太平の眠りを覚まし、国難の深刻さを広く実感させることができる。少なくとも後者の効果は絶大であった。

野営する兵士のひとりが城壁を見上げた。城壁の上に現れた人物が彼らの主君であることを察して「万歳」の声を上げる。それはたちまち同調する合唱となり、主君の長久と祖国の勝利を祈る兵士らの叫びは大地を揺るがす。

「陛下」

胸壁に置いた陽元の拳が固く握られ、白くなるのを見て遊圭が声をかける。気遣わしげな遊圭の声と視線に、陽元はきまり悪げなまなざしを返した。遊圭にだけ聞こえるように、声を潜める。

「宮城の朝堂で、動かせる軍団と兵の数を数えていたときは想像もしていなかったが、この者たちに出陣を命じるということは、死にに征けと命じるのと同じことであるのだな」

遊圭は予期しなかった主君の独白に、目を丸くする。かれの仕える皇帝は、国中から集められた何万何十万という兵士から、一斉に喝采を浴びても有頂天になることなく、その兵士らひとりひとりの運命に思いを馳せている。遊圭はふっと表情を和らげ、ささやき声で言葉を返した。

「玄月さんが、陛下は仁のひとであると話されたことがあるのですが、まことにそうですね」

陽元もまた、遊圭の返事に意表を突かれたらしく、軽い驚きに目を見開く。遊圭はさらに言葉を続けた。

「ええ、ひとたび戦が始まれば、帰らぬ兵士の数は計り知れません。でも、ここに集ったかれらは幸運だとわたしは思います。有無を言わさず徴兵されて武器を持たされ、戦地に送り込まれて死んでゆく兵士らは、自らの死に理由を知る機会もありませんが、この兵士たちは自分が何のために戦いに行くのか、はっきりと実感できています」

「それが、救いになるのか」

納得しかねる口調で、陽元は問い返す。

「少なくとも、士気は上がります。他郷の戦いに援軍として送り込まれると、どうしても他人事に巻き込まれた災難という気持ちが抜けず、適当に矛を交わして生き延びることしか考えません。しかし、ここに集った兵士らは、これが一辺境の紛争ではなく、郷里に暮らす家族を守るための、国運をかけた戦いであると知ります。この辺境の地まで足を運ばれた陛下の姿を仰ぎ見るだけで、ここが正念場であるという覚悟が生まれるのです。陛下の存在は、金椛の国体そのものですから」

陽元はその言葉を反芻しているかのように、しばらく黙り込んだ。片手を上げて、万歳を叫び続ける兵士らに応えると、兵士らの合唱はいっそう大きく大気を揺るがす。

「陛下が帝都の安全な城壁の内側から勅令をお出ししていただけなら、朔露の脅威は末端の兵士まで伝わらなかったでしょう。それが、慶城を抜かれれば国も危ないということを、陛下がご自身を持って示されました。これは大きいです。河西軍の将兵はルーシャン将軍に絶対の忠誠を誓っていて、それゆえに金椛国最強の軍隊となっています。それは将軍自らが常に最前線に立ち、命がけで獅子奮迅の働きをしてきたからですが、陛下はただこの城壁から兵士らを称揚するだけで、同じ効果を生み出しています。我々の皇帝が、河西郡を切り捨て可能な辺境とは見做しておらず、帝都に等しく守り抜くべき国土とお考えになっていること、国中から駆けつけた兵士らのひとりひとりを、お気に懸けておいでであることを知り――」

いったん言葉を切った遊圭は城壁から身を乗り出して、いまにも城壁に押し寄せてきそうな味方の兵士らを観察した。

「感極まって泣き出している兵士もいます」

陽元は心なしか照れくさそうな顔で、いまは両手を広げて兵士らの万歳に応えている。

もちろん、こうした効果を想定したからこそ、陽元は周囲の反対を押し切って前線までやってきたのだが、自分に向けられた想像した以上の熱量に驚かされたのだろう。

金椛では、世間の人々から隔絶された存在であるべき天子が、大衆の前に顔を出すことはありうべからざることであった。伝統に逆らう陽元を公然と批判する学者もいた。幼い頃より陽元を教育し、師父と仰がれてきた陶名聞（とうめいぶん）――玄月の父親でもある――ですら、今回の慶城行幸には難色を示した。

だが実際はどうだ。兵士たちは辺境までかれらを督励しにやってきた天子を、我が身を投げ出さんばかりにして歓迎し、これ以上はないほどに士気を高めることになったではないか。

義母によって、傀儡（かいらい）の皇帝として暗君になるべく育てられた陽元の自己評価は、至尊の地位にありながら、驚くほど低い。

義母の永（えい）氏を断罪して親政するようになってからは、己の判断は正しいのかと常に自問する日々であった。ようやく皇帝業が軌道に乗ってきたところへ朔露の侵攻、さらに信頼していた宦官（かんがん）、王慈仙（おうじせん）の口車に乗せられて、忠臣である玄月を危うく失いかけた。

月日ばかりが過ぎて満足のいく収穫のないまま、まもなく即位十年を迎える陽元は、自分の代のこの年に国が滅ぶのではないかという不安に悩まされてきた。それは過去の王朝が三代続いたことがないという不吉な言い伝えが、絶えず巷間（こうかん）でささやかれてきたせいもある。玄月は主君の悩みを『人々はおのれの信じるところを実現しようとする』と一蹴し、つねに陽元を励ましてきた。陽元が不安を打ち明けられるただひとりの人間、少年期をともにすごし、即位後には陽元の影として生きることを誓った玄月は、敵地に囚われて久しい。

兵士らの熱狂に、頬を紅潮させて陽元を見上げる星遊圭は、玄月の代わりとはなりえないが、自身を飾ることなく物事の本質を突いた発言のできる貴重な臣下である。河西郡太守の蔡進邦も保身に走らぬ直言の士で、その諫言には積み重ねた年月と経験の重みがあるが、遊圭の若さゆえの直観による意見にも、ずいぶんと助けられてきた。

自らを凡庸であると思い込むのは、陽元を育てた永氏にかけられた呪いであると師父の陶名聞には言い聞かされてはいるが、それはそれで他者の意見に耳を傾け、自らを過信して犯す過ちを避ける防壁となっている。

いまこのときも、いくつも年下の遊圭の言葉でさえ、まったく耳に逆らうことなく胸に降りてくる。もちろん、遊圭がその若さに反して多くの危難と死線を乗り越えてきたからこそ、心に響く意見ができることも、陽元は理解している。

「このように歓迎されると、視察も終え、将兵を激励したので還御する、というのも無責任に思えてくるな」

陽元の戯れ言に面食らった顔でこちらを見返す遊圭の、年相応に困惑する表情の変化に微笑が浮かびそうになる。陽元はルーシャンを招き寄せた。

「これだけ意気軒昂な軍団が集結したいま、こちらから打って出るというのは愚策であろうか」

ルーシャンは即答せず、首を傾けて思案する。

これまで防衛に徹していたのは、朝廷から『金椛領を出て敵を討て』という命が出されなかったからだ。反撃に転じて天鳳行路の宗主権を取り戻せと陽元が勅令を発すれば、ルーシャンは即時に従うであろう。

ただ、大規模な遠征を行うには、戦略の変更と入念な準備が必要だ。

ルーシャンは慎重にかれの見解を述べる。

「ただ朔露が攻めてくるのを待っているだけでは、やがて士気も緩み、兵糧も減るだけです。一日で数千斗という兵糧が、兵士らの腹に消えますからな。愚策とは言い切れますまい。そして、常に防戦に徹していた我が軍が攻めにでるのは、朔露の虚を衝くことにもなるでしょう。が、朔露は強兵です。この大軍の大半は、異民族との戦争を経験していない。そしてその半分は、練兵も満足に終えていません。朔露兵ひとりを殺すのに、三人の金椛兵が死ぬことを勘定に入れなくてはならないでしょう」

陽元はあごひげを撫でながら、思案のまなざしを遊圭に向けた。

「強兵を無力化することに成功して、勝利したのが劫河の戦いであったな」

遊圭は頰を引き締めて下問に答える。

「あれは、朔露軍が造った迂回路と、天鋸山脈の地形があってこそ、しかけることのできた罠です。この平原に同じ仕掛けはできません」

「無論、相手も同じ手には二度とかからないだろう。ルーシャン将軍」

陽元はルーシャンを促して城壁の上を歩き始める。

「将軍が防戦に苦労し楼門関を奪われたときと現在では、状況がかなり違っている。打つべき有効な手があれば、試してみるべきであるな」

ふたりの後について歩きながら、遊圭はいま現在の状況を指折り数えてみた。

一、金椛軍は朔露軍の二倍以上の兵数を擁する。しかし歩兵が主力であり、熟練の兵士を欠く金椛軍では、総力戦では相手と同等か、それ以下の兵力まで差し引いて考えた方がよい。

一、補給線は金椛軍の方が短く、慶城以東の城邑は収穫期を迎えて兵糧に余裕がある。

一、金椛皇帝が慶城に行宮を構えている。

一、玄月が朔露大可汗の懐に埋伏している。

いろいろと有利な条件がそろっているようであるが、問題は地形であった。騎兵を主力とする朔露軍は、この広大な平原地帯においてもっとも威力を発揮する。正面から戦えばこちらの損害も計り知れない。

前を行くルーシャンの進言も、遊圭の考えと似たようなものであった。

「敵に不利となる地形に誘い込めればいいわけだが、そのような地形がこのあたりにはまったくないわけか。敵に先んじて戦場を選べる優位にあるというのに、選択肢がないとはな」

陽元は嘆息し、遊圭にも意見を求めた。

「すでにご視察になったように、慶城の周辺に塹壕を掘り、馬柵を巡らせることで、多少は敵の前進を遅らせることはできますが、その効果は、挟撃のための遊軍を敵の背後に回す時間稼ぎ程度です。敵にしてみれば、金椛のほぼ全軍が慶城に集結している現在、慶城を取るのをやめて南へ転進し、北天江を渡ってしまえば、歩兵が主力の我が軍では追いつくことも叶わず、帝都へは阻むものなく一直線」

遊圭の描く予想図に、主力のほとんどを慶城と北天江の北岸に集結させた陽元は、舌でも嚙んでしまったように痛い顔をする。

「渡河地点には河南郡の兵を置かせてあるが、朔露軍が押し寄せればひとたまりもなかろう」

遊圭は去年の夏に北天江を下った旅を思い返す。北天江の上流は、川幅が狭いところは流れが速く、広いところは湖かと見まがうほどに幅がある。

「北天江は、流れの速い上流の岩砂漠地帯はともかく、渡河地点の多い中流域では、湿地も少なくありません。湿地帯へ騎兵隊を誘い込めたら無力化は可能です」

陽元はにっこりと遊圭に微笑んだ。

「良い考えだ。それにこれだけの兵がいるのだ。川筋を変え、さらに人工の沼地を広げることも、不可能ではなかろう。ルーシャン将軍、游の発案を蔡太守と検討してくれるか」

ルーシャンは抱拳の礼をとり、陽元の前を辞した。陽元はさらに城壁の上をそぞろ歩く。遊圭は黙ってその後に続いた。

陽元は城壁の南側までくると、その彼方に滔々と流れる北天江を思い浮かべたのだろう、立ち止まって振り返った。

「戦など知らぬ素人が前線にきて、選り抜きの将軍にあれこれ意見するのはいかがなものかと思ったが、ルーシャン将軍はそれほど嫌な顔もせずに策を受け入れてくれたな」

「ルーシャン将軍の兵権は河西軍の指揮に限定されていますから、西沙州の全軍や州をまたぐ作戦ともなれば、他の将軍や太守の意見はもちろん、この国の総司令でもある陛下のお考えをおろそかにはされません」

遊圭は尊敬するルーシャンについて語りだすと止まらなくなる。

「それに、ルーシャン将軍は、相手の地位や立場、年齢にこだわらず話を聞く度量をお持ちです。少年のときから異国を転々とさすらって身につけた世知ではと思います。わたしも、異郷にあるときはいろんな人間からさまざまな話を聞かされました。誰の持つ知識や知恵、または思いつきが、絶体絶命に追い込まれたときの命を救うかわかりません。矜持や自尊心は二の次であると学びました」

陽元は少し眉を寄せ、嘆息した。

「では、金椛国はルーシャンにとって未だ異郷であるというわけか」

「それはないと思います。若いときに身につけた習い性ではありませんか」

ルーシャンの帰属心に疑問を呈する陽元に、遊圭は慌てて弁護する。それから、一歩前に出て、声をひそめる。

「先ほどの陛下とルーシャン将軍の話を聞いているうちに、策がまとまってきました。蔡太守に献策してきたいと思いますが」

「どのような策か。全軍の指揮は蔡太守に預けてあるが、軍議では形式上、私の裁可を求めることになるだろう」

陽元はにんまりと笑う。

「私も、先ほどの会話で気づいたことがある」

遊圭が居住まいを正すのを、陽元は一呼吸置いて待つ。

「金椛皇帝が慶城まで行幸していることは、すでに朔露側に知られているであろう。最速で戦を終わらせるこつは、辺境の城を落とすよりも、都を攻めるよりも、敵の統領の首を落とすことだ。すると朔露にとっては、無防備な還御の途上にある私の首を狙うのがもっとも好都合」

「そう、ですね」

「そこも考慮に入れて、そなたは朔露を翻弄(ほんろう)する策を、今日の軍議までに考えよ」

陽元は機嫌の良い笑い声を上げると、階段を見つけて足早に城壁を下りていく。

遊圭は皇帝を囮(おとり)にするという、思いつくだけで首が飛びそうな作戦を献策するよう命じられたことに、首筋に白刃の冷たさを感じながらそのあとを追った。

　橘真人と周秀芳の祝言は、遅咲きの菊花に霜の降りる日に執り行われた。

糊のきいた緑衣の官服に銀の帯。冠には菊の花をあしらい、軍官僚らしく拝領の剣を佩いた真人は、威儀も正しく馬に乗り、花嫁を迎える行列を先導した。不思議と、そのどこかくたびれた童顔にもかかわらず、見栄えもよく立派な風情に、巷のひとびとは悠然と通り過ぎる真人を橘大官と声をかけてもてはやす。

　婚礼の駕籠に乗って新居へ足を踏み入れた花嫁の周秀芳は、赤い絹地に金糸で無数の菊と鶴が刺繍された艶やかな曲裾袍をまとっていた。高く結った髪と美しく化粧しているであろう顔を赤い面紗で覆った花嫁を、蔡才人が親族の女の代理として手を引き、祭壇の間へと導く。

　達玖夫婦の仲立ちで杯を交わし、祖先への拝礼がつつがなく終わると、儀式は終わる。新婚のふたりはそのまま邸の奥へと消え、祝いに駆けつけた同僚友人たちは広間でふるまい酒を堪能し始める。

　肴や料理も次々と運び込まれ、橘家と周家の福にあやかろうと、知人ですらない隣人まで集まり、手のつけられない賑やかさだ。

　唄や踊りの喧噪から離れて、遊圭が新居の庭の菊を眺めていると、尤仁に声をかけられる。

「よかった。まだ帰ってなかった」

「橘さんの挨拶がすむまで、帰るわけないだろ」

遊圭はむっつりして言い返した。そこまで不義理な人間だと思われているのだろうか。

「参列者に渡す祝儀が、足りなくなってしまいそうなんだ。手伝ってくれ」

「ああいうのは、なくなったらなくなったで、適当に料理を包んで持たせてもかまわないんじゃなかったかな」

「ああ、都ではそうなのかい」

「ふるまい酒目当てに紛れ込んだ冷やかしにまで祝儀を配っていたら、いくら準備したって足りるものじゃない」

「それはそうだけど、ここらじゃ誰もが誰かの知り合いで、もらったの、もらわなかったのと面倒くさいことになるから、全員に渡すんだ。ふつうは数もそんなには要らないから間に合うんだけど」

遊圭は、時折顔を出す尤仁の生真面目さに苦笑する。

「でもいまの慶城は都と変わらないくらい、人間の数が膨れ上がっていて、祝儀があると聞けば、関係なくても集まってくる。それに橘さんの血縁だの親類だのと主張するやからがいたら、そいつらは間違いなく偽者だから追い返せばいいことだ。都の流儀でやっても問題はないいさ」

遊圭が太鼓判を押すと、尤仁はほっとして「そうするよ」と言ってその場を去った。

祝言に続く酒宴の幹事を引き受けた尤仁が、落ち着いて酒宴に加われるのは、かなりあとのことだろう。

この国では、真人とはもっとも縁の深い遊圭が、媒酌人も幹事もできなかった。ならば、せめてふたりが完全な夫婦になって、先祖と身内への報告まで終わらせるのを、見届けたい。秀芳は家族を招待していなかったので、ろうそくを持ち、線香に火をつけて渡す役を務める身内が、新郎新婦ともにいないまま行われる儀式そのものは、とても寂しいものであったからだ。

家の奥でふたりだけの厳かな儀式を終えたのちは、新郎は新婦を寝室に残し、いまだ喧噪の続く表へ出て、祝いに訪れた客に礼を言って回る。そのうち自分も飲み食いを始めた真人は、遊圭に礼と謝罪を繰り返し、泣いたり笑ったりと忙しい。

「遊圭さんと明々さんの祝言では、僕と秀芳が媒酌を務めさせてもらいます。たとえ沙洋王と朝廷を敵にまわすことになっても、たとえ地の果てにいても、必ず駆けつけますから、声をかけてください！　約束ですよ！」と、遊圭にからみついては、酒で赤くなった顔で何度も誓った。

遊圭は苦笑いしつつも、嬉しそうに「そのときはお願いしますよ」と同じ返事を繰り返す。

いつ果てるともわからない饗宴は、真夜中まで続いた。

さて宴の時は去り、陽元の提案を取り入れて考案した遊圭の作戦に、いくらかの修正が付け加えられ、蔡太守とルーシャンの同意を得た。

「まさか通ると思わなかった」

肌寒さが増して、上着の上に外套が必要な季節であるのに、修正案とともに差し戻された報告書を読んでいるうちに、背中に滝のような汗が流れる。

皇帝そのひとを作戦の主軸に盛り込むなど、不敬を通り越して大逆の誹りも免れないのに、ルーシャンはともかく蔡太守までが作戦を通したことが信じがたい。おそらく陽元が蔡太守に、作戦の真意を密かに打ち明けたのだろう。

赤い墨で修正点を検討しているところへ、ルーシャンから呼び出しの使いが来る。書きかけの墨を乾かして紙を重ね、ルーシャンの官舎へ急いだ。

ルーシャンは珍しく真剣な表情で、単刀直入に用件を切り出す。

「あの作戦の難点だが、蔡太守や陛下の前では言えないことがひとつあってな」

遊圭は緊張して「はい」と応じる。

「玄月の内応は、あてにできない」

「どうしてですか」

遊圭の心臓がどくりと跳ねる。玄月が寝返ることはありえないと信じる遊圭は、もっと悪い想像を働かせる。

「玄月さんに、何かありましたか」

「ラシードがなかなか玄月に接触できないで困っている。玄月の居場所を探るために、大可汗の穹廬に接近しようとした配下が捕らわれて、帰ってこないそうだ」

大可汗に疑われながら書記官を務めることなど、可能なのだろうか。監軍使であったことを暴露されて、危険な状態に陥っているのではないか、あるいはすでに——。

息も浅くなる遊圭に、ルーシャンが落ち着くようにとなだめる。

「玄月はうまく立ち回っているだろうよ。ラシードには早まった真似をせんよう、命じておいた。ただ、この作戦から、玄月の協力は外しておけ。あいつが何をしようと、おれたちの不利になることはしない」

遊圭はルーシャンの希望的観測にうなずくしかなく、その部屋にとどまって作戦の草案を書き直す。

それでも、こちらで進行している作戦については、玄月に知らせておきたい。こちらの連絡員が朔露側に怪しまれずに玄月に接触できるのは一度きり。それも玄月が自ら外出できる市の日だけである。

そういえば、河北宮のシーリーンに送った手紙の返事が来ないが、玲玉の許可がおりなかったのだろう。遊圭は内心でほっとする。

シーリーンが並の兵士なみに強い女性であるとしても、そろそろ四十に手が届くか、もしかしたら、すでに越えているかもしれないのだ。過酷で危険な任務など押しつけられなかった。

返書ではなく、シーリーン本人が馬を飛ばして慶城へ駆けつけ、遊圭の前に姿を現したのは、その二日後のことだった。

八、亡霊との邂逅(かいこう)

陶玄月がユルクルカタン大可汗の隣の穹廬に個室を与えられた日は、武器など隠し持っていないかと、道具や小物だけでなく、衣服は下着なども隅々まで調べられた。中着の腰に締めた艶(あで)やかな刺繍の帯は、有無を言わさずに解(ほど)かれた。帯の端を綴じた糸を小刀で切り開く兵士の雑な手つきに、刺繍部分が傷つけられるのではと、玄月ははらはらしつつかれらの作業を見守った。検分を終えてようやく返された帯の、解かれた縫い目は自分で直した。

それぞれに事務室を与えられた大可汗の書記官が、ここでもすべて異国人であるということにまず驚く。しかも、そのひとりひとりが、それぞれの祖国においては王侯の子息であったり、高官であった者たちだ。そして、初対面で直観したこと――それゆえに心からおののき、嫌悪感すら覚えたことに――成人した男子でありながらひげを蓄えぬかれらもまた、宦官(かんがん)であった。

征服した異民族の男子を去勢し、奴隷として使役する慣習は、中原ではすでに廃れていたが、西方の諸国ではいまでも続いていた。特に朔露に抵抗した国や都市に対して、ユルクルカタンがその支配階級にある氏族の断種を命じたと聞いても、驚きはしない。朔露の大可汗が、大陸統一の端緒として北大陸を統一したときには、朔露という国には書記官そのものが存在しなかったという。

　ユルクルカタンは、捕虜や投降者のなかから、高貴な家に生まれ、高度な教育を受けた者を選んで宦官に落とし、直属の書記官とした。容姿の美醜にこだわった気配はないが、体格や容貌に見苦しい者はいない。全員が公用胡語に堪能で、母国語を含めて数カ国語を操り、読み書きも三言語はこなす。計数に優れた者はさらに、ユルクルカタンの財務管理も任されていた。

　かれらの重要な役割は、実務と並んであらゆる公式の場でユルクルカタンの王座の下に並び立つことだ。人品卑しくない異国人たちがただそこに並ぶだけで、大陸の覇者となったユルクルカタンの偉業を体現する、生きた戦勝記念碑の役割を果たす。

　ユルクルカタンの配下にあり、一切の実務を取り仕切る立場にありながら、その地位は朔露の頸木に終生繋がれた官奴の身だ。祖国の敗北を、絶えず自他に想起させるための存在。そして同属嫌悪というのだろう。そのような存在である互いが互いを嫌いあっているのは明白で、玄月もまたその誰とも親しくしようという気が起きなかった。任された業務はなるべくひとりでこなし、連携すべきときには極力短時間で仕上げて、関わりを最小限に抑える。

少なくとも金椛（ジンファ）帝国は朔露に敗北しておらず、玄月には帰る故郷があるのだ。そのために九人の書記官に憎まれることになっては割が合わない。

ラシードらが次の市に訪れる前に、警告と近況の変化について認（したた）めた文書を天月の首輪に結びつけ、新月の夜に放す。

こちらから連絡を取らない限りは、ラシードや郁金からの接触を禁じたことは、脱出の見込みを甚だ難しいものとしてしまう。だが、ばれてしまえば元も子もない。捕らえられればラシードは殺され、郁金は助命されるかもしれないが、自分や他の書記官と同じ体にされてしまうだろう。

とはいえ、まったく望みがないわけではない。西方からの交易は行われ、東方の商人も隙があれば商機を探して市に紛れ込んでくる。ラシードは何らかの連絡手段を考え出し、直接ではない接触を試みてくるだろう。それまでに自分を監視している朔露兵を懐柔して、行動の自由を広げる努力に励むことにした。

ある日の午後、小可汗を集めた軍議ののち、宴（うたげ）が始まった。軍議の最中は、玄月はすることがない。朔露語で行われる軍議を、書記のひとりが胡語公用語で通訳し、ほかの書記官がいくつかの言語に翻訳して筆記していく。数ヵ国語の議事録を残すのは、軍隊の半分以上を占める異民族に対して、命令の執行を迅速に行うためであった。

しかし、現在のところ議事録を金椛語に訳しても、朔露側には情報の漏洩（ろうえい）という危険しかない。金椛語の書類を胡語に訳す仕事は与えられても、その逆を命じられることはなかった。

それでもこうした場に玄月を列席させるのは、金椛国の知識人を隷属させているという自己満足と見せびらかしのためであろう。書記官が十人というきりのいい数でそろったことが、ユルクルカタンの心に響くなにかがあるらしい。

筆記具や為すべき作業を与えられずとも、退屈する玄月ではない。話される言葉、参列する朔露の小可汗に将軍、異民族の王侯の顔と名前を記憶することに、全力を傾ける。

とくに、三十代も半ばを過ぎた壮年のイルルフクタン可汗が、興味深い観察対象だ。

ユルクルカタンの長男であり、朔露帝国の次代の大可汗と見做されているが、その人生の大半を朔露の本拠地である北朔露の高原で過ごしたためか、西方征服に同行した弟や従弟たちに比べると頭が固い印象を与える。

方盤城に火を放ち、楼門関を消し炭に変えるよう命令したのは、このイルルフクタン可汗であったという。巨大な門の上に築いた傲慢な高楼から西方を見下ろしてくる金椛帝国の権威を、破壊する意図があったとか、かれの暴虐とも見える決断を、父親のユルクルカタンが容認するかどうか試したのではといった憶測が、朔露人の間でもささやかれているらしい。

どの小可汗も、玄月の目から見れば野卑で乱暴に見えるが、イルルフクタンの粗暴さには、一寸たりとも友好の余地を見いだせない。

早春から初夏まで世話になったイシュバル小可汗は、胡人の教育を受け、夏沙の王女を娶ったこともあり、文明を愛する人物であった。こうした集まりにあまり顔を出さず、このときも与えられた史安市の司政に心を砕いている。イシュバル小可汗は兵站の管理と手配に優れているいっぽう、もともと好戦的な性質ではないことから、武闘一辺倒の兄弟や従兄弟たちとはうまく折り合えないようであった。

敵将のイシュバルを懐かしく思い浮かべたことで、玄月は無意識に皮肉と自嘲の笑みを浮かべた。そのとき、怒声が穹廬に響き渡った。本能的に危険を察知した玄月は、反射的に腕を上げて顔を庇う。袖に当たって床に落ちたのは小可汗のひとりが投げた杯だ。床には絨毯が敷いてあるので、杯は割れずに転がっていく。

「何がおかしい!」

宴席の片隅で玄月が浮かべた微笑を、自分たちが嘲笑されたものと思い込んだらしい。朔露人の酒癖は非常に良くない。暴力的に流れる傾向がある。もともと飲酒の習慣のなかったところへ、征服した西方諸都市の名産物である、葡萄酒やリンゴ酒に耽溺する悪習を覚えたためらしい。適当に酔いが回ったところで切り上げる、ということを知らないまま、いくらでも飲み続けてしまうようだ。

玄月に杯を投げつけたのは、一昨年まで天鋸行路方面の南軍を任されていた小可汗だ。まだ二十代前半と若い。功を焦って劫河で敗北したのち、総力を結集することを決めた大可汗に呼びつけられて本陣に加わった。

金椛軍に完膚なきまでに叩きのめされたことから、玄月に八つ当たりをしているのかもしれない。赤く血走った目でにらみつけながら、玄月の前まで来て立ちはだかり、意味不明の罵り声を上げる。隣の書記官は無表情に前を向いたまま、助け船を出す気配は皆無だ。ユルクルカタンは別の小可汗と談笑を続けている。

　孤立無援の玄月は、笑った理由を問い詰められているのだろうと察して、ゆっくりとした口調で答えた。

「笑っていたのではありません。ぼんやりとしていたところ、昔のことがふいに思い出されて、懐かしくなっただけです」

「何を思い出した？」

　さらに問い詰められた玄月は目を細めて、この場を言い逃れる口実を考える。だが、何を言ってもこの小可汗の機嫌を直せるとは思えなかった。この若者は、ため込まれた怒りをぶつける対象を欲しているだけであるからだ。

「戦争のなかった、平和なときの、家族と過ごした日のことです」

「いかにも軟弱な金椛人の言いそうなことだな」

　その軟弱な金椛人の軍に敗北したのではなかったか、と胸の内でつぶやいた玄月は、この青年の名がイルコジであることを思い出した。遊圭の立てた策によって、奇襲のために迂回させた遊軍を全滅させられ、撤退と敗走を強いられた若き将軍だ。

　イルコジは酒臭い息を吐きながら顔を近づけ、玄月の肩をわしづかみにした。

朔露人が大多数を占める場で金椛人であるということは、思い出し笑いも身の破滅になりかねない。

「そのくらいにしておけ、イルコジ」

野太い声でイルコジを止める者がいた。振り返って声の主と目を合わせたイルコジは、顔を歪(ゆが)ませる。腹立たしげに唾(つば)を吐いて玄月を解放し、荒々しい動作で宴席へと戻っていった。

「悪かった。あいつは金椛人をひどく憎んでいるのでな」

イルコジの横暴を止めた男は、癖のある金椛語で謝罪した。玄月は驚きに眉(まゆ)を寄せて応じる。

「金椛人を憎んでいない朔露人がいるとも思えないが——とにかく、礼を言う。イルコジ小可汗に殴られたら即死しかねない」

玄月の皮肉を冗談と受け取った四十がらみの男は、名前を思い出せないところから小可汗ではないようだ。

「あなたは」

「グルシという。千騎長(せんきちょう)だ」

「金椛語を話す朔露人には、初めて会った」

「最初の妻が紅椛(ホンファ)人だった」

どうりで朔露訛(なま)りはあるが、帝都で話される金椛語に近い。先の王朝の生き残りで国外に亡命した者は、紅椛人の上流階級の者が多いためだ。

「朔露が紅椛族の移民をも受け入れていたという噂は、本当であったのだな。ならば、金椛の言葉を理解する朔露人は、少なくはないはずだが」

　グルシはふっと頬を緩め、咳き込むような声で笑う。

「同じことを言った金椛人がいたな」

「この王庭に、金椛人の捕虜がいるのか」

　玄月はグルシが捕虜の通訳をしているのかと思い、そう訊ねた。助けたり逃がすことはできないにしても、朔露に囚われたままの同胞がいるとなれば気にかかる。

「いや、いまはいない」

　グルシの答に、玄月はほっとすると同時に少し残念な気もした。敵国人のグルシでさえ、母国語で話せるというだけで妙に気分が楽になる。里心がついていたとしても、それを否定する気はなく、同胞が近くにいるのなら会ってみたくもなり、付き人にできれば便利でもある。ただ、自分を陶監軍だと見分けられては万事休すなので、もしこの王庭に金椛人がいたとしても、会わない方がいいのだろう。

「では、ここでは話す機会はほとんどないのだろう？　どうやって忘れずにいるのだ」

日々使っていても、胡語の習得に苦労している玄月は、不思議に思って訊ねた。

「つい最近まで、金椛国にいた。帝都に連れて行かれ、次は慶城に拘留され、休戦協定の捕虜交換のときには、やたらとひっぱり回された」

「金椛に囚われていた捕虜だったと？　それにしては、あなたは金椛人を憎んでいるわけでもなさそうだ」

捕虜の扱いはひどいものだ。捕らえた間諜（かんちょう）や斥候の尋問に何度も立ち会った玄月は、グルシの鷹揚（おうよう）とした口調に、金椛への恨みが一滴も感じられないことを訝（いぶか）しむ。

「待遇は悪かったが、拷問などは受けなかった。おれを抱き込もうとしていたからだろう。懐柔に応じなければ処刑されるところだったが、人質として使えると提案した役人がいたおかげで慶城に護送された。そこでの待遇は悪くなかったな。先の捕虜交換でこちらに帰ってこれたが、いくらか金椛語が上達したのは収穫だったようだ。指一本も欠けることなく帰ってこれたのだから、憎むほどの恨みはない。おれたちも捕らえた捕虜に容赦はしないのだからな」

そう言って、意味深長な視線を書記官たちに投げる。玄月にも気の毒げな目つきを向け、ぶるりと肩を震わせた。九人の書記官のように、捕らえられてから去勢されたのだと誤解したらしい。玄月は訂正しなかった。グルシが金椛人に対して悪意も憎悪もなく、玄月に同情しているのなら、そのままにしておいた方が都合がよい。

グルシは、蔡太守と星遊圭が慶城に赴任してきた時に、都から連れてきた捕虜であった。玄月とは短い時期を同じ慶城で過ごしたことになる。捕虜に関しては、当時の玄月は管轄外であったから、グルシが都に囚われていたときも、慶城に連れてこられたときも、顔を合わせたことはない。会っていれば、玄月が林義仙という流浪の宦官（かんがん）ではないことを暴露されていたことだろう。玄月は自分の運の強さにほっと胸を撫（な）で下ろす。

「だが、私の肩など持って、あなたが小可汗らに疎まれないか」

玄月が目でイルコジを指して訊ねれば、グルシはふんと鼻を鳴らした。

「大可汗の命だ。素面ならば大可汗の書記官に手を出す者はいないが、酒が回ると手近なところで憂さを晴らそうという気短か者は多い」

「千騎長と言われたが、ひと言で小可汗を引き下がらせることができるとは、大可汗の信頼がよほど篤いのだな」

「いまは降格されたが、金椛の捕虜になる前は万騎長だった。小可汗の半分は、おれに武芸や用兵を学んでいる。特にイルコジは、おれの弟を劫河戦で死なせたことから、おれに頭が上がらん」

「弟――戦死したのか」

劫河戦では、多くの朔露将が討ち取られ、あるいは捕獲された。その責任をも、イルコジは問われているのだろう。

「屍は見つからなかったという。生死は確認されていないが、弟が率いていた隊は全滅だったそうだ」

真夏の森の中で土砂に埋もれ、あるいは禽獣の餌となり、急速に腐敗していく何千という朔露兵の屍から、ジンひとりの遺体を見つけ出すことは不可能であったはずだ。

「それは――」

悔やみの言葉を探そうとして、口を閉ざす。玄月の胃にひやりとした感触が触れ、自ら手にかけた朔露の将の面影が脳裏を過った。

天鋸山中で遊圭を追い詰め殺そうとして玄月の凶刃にかかった男は、丸太落としと水攻めによって全滅した隊を率いていた将ジンではなかったか。遊圭の願いで埋葬したために、たとえグルシが捜索隊を出したいと考えたとしても、屍も遺品も回収はできない。

玄月は掌を膝に置いて、滲む汗を吸わせる。

「悔やみなんぞいい。戦は殺し合いだ」

その殺し合いを繰り返して生きてきたであろうにもかかわらず、グルシは殺伐とした空気も、凶暴な印象もまとっていなかった。捕虜にされて牙を抜かれたのか、あるいは弟の死に戦いを厭う感性が芽吹いたのか。

どちらにしても、グルシは間接的に玄月の過去、それももっとも知られてはならない彼自身の正体と、遊圭を救うために犯した殺人にかかわっている。これ以上は言葉を交わさぬ方がよいと警戒する一方、朔露人の憎しみを牽制するために、ユルクルカタンの命令で傍らにいるグルシを遠ざけることは難しい。

にわかに床に目を落とし口を閉ざした玄月に、グルシもまたそれ以上話しかけようとはしなかった。

与えられた個室に戻り、油灯に火を入れ、いつかの市で買った紙の束を出して墨を磨る。筆の先をそろえて呼吸を整える。

たっぷり墨を吸わせた筆をおろし、走らせる。

——史安市　伊什瓦爾　南軍将　伊爾科齊　千騎長　古爾西　北朔露可汗　伊爾胡克坦——

筆を硯に置き、ふたたび墨を吸わせる。考え込み記憶を整理しつつ、筆を持ち上げ、続きを書き記していく。集中するあまり、視界の隅を影がかすめるまで、誰かが部屋に入ってくる気配に気づかなかった。

驚いて顔を上げると、ユルクルカタンが玄月の覚え書きをのぞき込むようにして立っていた。背はあまり高くない。玄月が立ち上がって向かい合えば、見下ろす形になるだろう。

あまりに間近にユルクルカタンを見る驚きに、玄月は激しく胸を打つ鼓動を落ち着かせるため、ゆっくりと息を吐いた。

朔露の帝王は側近も近侍も連れておらず、まったく無防備に見えた。

降伏した宦官に暗殺される可能性など、まったく考慮していないのだ。とはいえ、歴戦の英雄は無警戒に見えて隙はない。しかもこちらは丸腰である。軟禁と骨折のために、半年以上まともに鍛錬していないなまった体で、斃せる相手ではなかった。

「何を書いている？　いや、言わずともよい。当ててみせよう」

胸元まで伸びたひげを撫でつけながら、ユルクルカタンは書き付けを注視する。

「息子どもと族子らの名と職分か」

ユルクルカタンは金椛文字が読める。冷たい手で胃袋をつかまれたように、玄月は息を詰まらせた。

「わしが金椛の文字を読めるのが不思議か。いくつかの文字を知っているだけであるが、地位や職分、地名ならば見分けられる。そこにわしの名はあるか」

玄月は否と答えた。

「わしの名を書け」

一枚の紙に天地を残して、一文字一文字、一画一画を一定の調子を保って筆を動かす。最後の文字を書き終えた玄月は、紙を回してユルクルカタンへと向けた。朔露大可汗の称号とともに記された文字の羅列を、ユルクルカタンは満足げに眺める。

「金椛の公用文書でもこのように記されているのか」

長く祖国の地を踏んでいない『林義仙』が、ユルクルカタンの名が公用文書にどのように記載されているか、知るはずがない。玄月は慎重に答える。

「まったく同じかどうかは、わかりません。異国語の固有の名称は、それを耳にした者が、もっとも近い音を表す文字を選んで記録します。史官によって統一されるまでは、幾通りかの表記が併存することはありえます」

「ひとつの音に、いくつもの文字があるのか。金椛語は煩雑であるな。しかも一文字一文字が複雑で、書くのに時間がかかる。美しくは、あるが」

絵画や宝石を鑑賞するように、ユルクルカタンは金椛語で書かれた自分の名を手に取り、灯りに照らしてじっくりと検分した。

「朔露の文字を作らせようと思い立って十年が過ぎたが、いまだに構想が定まらぬ」

意見を求められているようではあるが、玄月は沈黙で答えた。ユルクルカタンの意に染まぬ答をすれば怒りを買うかも知れず、下手に良い知恵をだして気に入られては、ますます脱出が難しくなる。

ユルクルカタンは自分の名の書かれた書き付けをひらひらさせて墨を乾かし「これはもらっていく」と言って出て行った。

ひとりになって初めて呼吸を思い出したかのように、玄月は深く息を吸って、ゆっくりと吐いた。

常に玄月を監視している姿を見せない見張りが、書き物をしていることをユルクルカタンに注進したのだろう。ユルクルカタンは、密書などしたためて誰かに託すことなど不可能であると、玄月に知らしめるためにわざわざ足を運んだのだ。

いまこの瞬間も、帳や衝立の隙間から見られている。

顎や首の周りまで、じっとりとした汗が気持ち悪い。手の甲で顎の下を拭きながら、玄月はもういちど深呼吸をした。

玄月は絶えず周囲に注意を払い、監視者の気配を探り続けた。忍び寄る気配には敏感なはずの玄月にさえ、その存在を察知させない者の影には精神をすり減らされる。

玄月は敢えて頻繁に外出した。市の立つ日には、無目的に露天商や商談の行われる天幕を出入りしては不要な買い物に時を費やし、尾行を混乱させる。どれだけ隠密行動に優れていようと、忙しく動き回る日中の戸外で、まったく姿を見せずにいられるはずはない。優れているがゆえに監視者の数は限られ、見覚えのある人影が視界の隅にちらつくようになる。

やがて、三人の監視者に交代で見張られていること、外出の時はそのうちふたりが常に尾行していることを把握した。ひとりで書き物をしていると、必ず誰かが見に来ることに戦慄したのは初めのうちだけだ。むしろ大量に詩や散文を書き散らして監視者を攪乱したり、紙に仕掛けをして、不在中に読まれたことがわかるようにもしたりしておく。

三度目の市で箜篌が売られているのを見つけた。商人に勧められるままに、弦板の両側に詩句が彫られ、文字には金箔が貼られた箜篌と、楽譜も併せて購入した。

市で買い求めた品物も、部屋を不在にしているうちにすべて検められている。

箜篌も楽譜も調べられたが、疑われるような文書は見つけられなかったようだ。

玄月でさえ、何も見つけられなかったのだから、なんの仕込みもされていない、単なる楽器と楽譜であったのだろう。ただ、楽譜の一枚が古詩の『離情』に添えられた音曲であったことを除けば。この一枚だけが、ほかの楽譜と筆跡が違うことを、誰も気にとめなかったようだ。

その墨のあとも新しい、自分のそれによく似た筆跡を指で撫でる。

「小月」

楽士として小可汗の後宮に仕える羽目になっていたことを、遊圭から聞いたのだろうか。この楽譜を運んだであろうラシードは、詩の意味を知っていたのだろうか。

　小月はいつの間に、このように寂しい希望の込められた古詩を読むようになっていたのか。

　それにしても、目に馴染んだ筆跡は、そのひとの声そのもののように、耳にささやきかけてくる。楼門関へ発つ前に小月が書き送ってきた悲憤詩の一編はとても悲観的であったが、いまは落ち着いているようで安心する。

　しばらくは、仕事を終えると詩を詠みながら箜篌を弾き、誰とも交わらぬ日々を送る。

　ある日の午後、『離情』をひととおり弾き終えた玄月は、部屋の入り口に立つ人影に気づいて振り向いた。九人の書記官のうちのひとり、康宇国出身の青年だ。ルーシャンと同郷になる青年だが、髪も目も濃く、髪はほぼ黒い。彫りの深い顔立ちは、ルーシャンよりも繊細であった。金椛語もある程度は読めることから、共同で作業することもある。楽器と楽譜を検分しにきたのもこの青年であった。名はパヤムであったと、玄月は記憶の糸を引き出した。

「何か」

「それは恋歌か」

　聞きづらい声で訊ねられる。

「そのようなものだ」

パヤムは口の端を上げてさらに訊ねた。

「佳人は琴を弾き鳴らし、清夜に誰もいない部屋を守る――あなたのことか」

歌詞を聴き取られていたことに、軽い驚きを覚えた玄月だが、淡々と応じる。

「いや、これは夫の留守を守る婦人の唄だ」

パヤムは片手を上げて、『入ってもよいか』と手振りで訊ねる。これまで交流のなかったパヤムが急に私室にまで訪れた真意を測りつつ、玄月はうなずいた。

「パヤム殿。あなたはこの古詩を知っているのか」

玄月の問いに、パヤムは首を横に振った。

「いや、金椛語の唄をどれだけ聞き取れるものかと立ち聞きしていたのだが、半分もわからなかった。もう一度唄ってくれないか」

そう言うと、パヤムは玄月の横に腰を下ろした。奏楽と唄を聴くには、ずいぶんと近い位置である。その意図は玄月が唄を唄い出してからすぐにわかった。

「マーハ、いや義仙殿はルーシャンを知っているか。金椛の将軍となって朔露と戦っているという」

パヤムは箜篌の音と玄月の声に紛れてしまうほどの、低い声で訊ねてきた。

林義仙は、当時は雑胡隊と呼ばれていたルーシャン率いる護衛部隊によって、夏沙王国へ降嫁した麗華公主に随行したのだから、知っていても矛盾はない。玄月は弦を弾く動きに合わせて、小さくうなずいた。

「あなたはいずれ、金椛国へ戻るつもりなのだろう」

次のパヤムの問いには、玄月は反応せずに箜篌を弾き続ける。

「隠さなくていい。俺を疑うのもわかる」

パヤムは、「この部屋は暑いな。炭を使いすぎではないか」と、ふつうの大きさの声で言いつつ襟を開いた。目の端で捉えた『それ』に、玄月の弦を弾く指の動きが狂った。

「あなたは——」

パヤムは箜篌を弾き続けるよう目配せをする。

パヤムの鎖骨から少し下がったところに、ルーシャンの率いる結社『不敗の太陽』の秘蹟が捺されていた。そういえば、ここに来てすぐ、衣裳を検められる玄月と朔露兵士の通訳をしていた胡人はパヤムであった。ルーシャンに捺された腕の秘蹟は、誰にも見られぬよう袖を下ろしていたはずだが、パヤムにはいつ見られたのか。

「義仙殿の階位は」

パヤムの問いに、玄月は低い声でささやくように答える。

「鳥」

「俺は兵士だ。とはいえ、上席ぶるつもりはない。いずれ兄弟として協力しあうこともあるだろう。今日のところは、それを言いにきた」

パヤムは『離情』を最後まで聴いて立ち上がった。

「哀切なしらべだな。おしまい近くの『万里』と『贈る』はわかるが、『所思』とはどういう意味だ？」

「想う人、愛しい人という意味だ」

「はるか遠くにいる愛しい人よ、という意味か。まさに義仙殿のことだな。よいものを聴かせてもらった」

パヤムの姿が見えなくなると、玄月は深いため息をついた。掌にも脇にも汗が滲んでいる。部屋を暖めすぎたせいだけではない。

――結社の兄弟だからといって、味方と決めるのは、まだ早い。

思いがけない所にルーシャンの縁者がいたことに、昂揚する気持ちを鎮めるため、玄月は呼吸を整えて、同じ唄をもう一度最初から奏でる。

万里　所思に贈る　　万里の彼方にいる愛しいあなたへ

願わくは湛露の恵みを垂れ　叶うならばあなたの愛の証を見せてください

我が皎日の期を信ぜんことを　そして太陽のように明るく確かな私の誓いを信じて

唄い終えて、ようやく動揺がおさまってきた。

パヤムに関しては、相手の出方を待てばいい。どのみち、ルーシャンの名を朔露の本陣で出せるわけもないのだから。朔露に降伏し、仕えていても、面従腹背で離反の時を待っているのは玄月だけではない。それを知っただけでもこの日の収穫であった。

　いくらも待つことなく、パヤムは二、三日おきに玄月の部屋を訪れるようになった。手に二弦の胡弓を持ち、二重奏を持ちかける。演奏を続けながら、あるいは監視の目を盗んでは、パヤムは少しずつ彼の知っていることを玄月に教えた。

「イルルフクタンは狭量で、地位に伴った実績がないことを焦っている。ずっと朔露高原だけを支配してきたから、外の世界を知らない。楼門関を焼き払ったのも、大可汗が長子の主張をどこまで許すか、試してみたのだろう。大可汗一族の結束に楔を打ち込むとしたら、イルルフクタンだ」

「だが、イルルフクタンは、後継者として認められているのだろう？」

　玄月の問いに、パヤムはくすりと笑う。

「朔露人は氏族間で対立しやすいという弱点がある。イルルフクタンよりも人望がある小可汗に有力氏族の後ろ盾がつけば、内紛は避けられない」

　皇室にしろ王家にしろ、内訌とお家騒動はどこの世界も同じらしい。

　パヤムは朔露可汗国が内側から瓦解する隙を狙い、楔を打ち込むもっとも効果的な瞬間を待ち続けているという。

　これまでの無関心な態度を一変させて、親しく交流し始めたパヤムは、いよいよ朔露内に火種を蒔き、離反する覚悟を決めたらしい。しかし、パヤムの本心と結社への忠誠が真実であると確信できないかぎり、いかなる言質も与えないよう、玄月は慎重に言葉を交わす。

この変化が、玄月の本心を探ろうとする、ユルクルカタンの巧妙な罠ではないという保証は、どこにもないのだから。

次の市には、グルシがついてきた。脈絡のない買い物や、天幕の中で行われている商談を間近で監視するためだろう。断ることはできない。

「なかなか、信用されないものだな」

連れだって歩きながら、グルシに愚痴を吐く。

「やたら出歩いては散財しているらしいな。誰にも親しまず偏屈な態度がいつまでも続くようでは、信頼も買えまい」

パヤムとは交流があることは、グルシは把握していないようだ。あるいは、パヤムもまた、大可汗の命による玄月の監視要員であると、グルシは考えているのかもしれない。

「敵国人に親しむ奇特な人物がいれば、付き合うのはかまわぬ。書記官同士など私以上の偏屈ぞろいだ。もっとも、彼らには家族もいて同国出身の従者も部隊もある。偏屈といえど、かれらはまったくの鼻つまみ者でもないようだ」

「自身を鼻つまみ者と思うか」

グルシは低い声で笑ってから続けた。

「ほかの書記官と違って、おまえには帰る国があるから、逃げられぬように慎重になっているだけだ。金椛の宮中に勤めていたこともあるそうだな？　時期がくればその頭の中にある知識が必要になる」

　玄月は黙って何も応えなかった。その時期がくるまで大可汗に仕えているつもりはないし、その時期がこないための努力を惜しむつもりはなかった。

　市は賑やかで、冬支度の衣類や寝具、暖房器具などが以前に比べて増えた。

「戦争中だというのに、物流の滞るということがないのが不思議だ」

　最初の上司は、玄月の疑問に対して、交易による収税が朔露の軍資金の源でもあると説明した。しかし、敵対している金椛国からの流通も途絶えないことには、首をかしげる。

「俺たちが羊の毛と革と肉と、戦だけで生きていると思っているのか」

　グルシはフンと鼻を鳴らして言い返す。

「胡人の商人が死の砂漠の南北に行路を開拓する前は、大陸における東西の交易は朔露だけでなく遊牧の民の財源であり、かつ命綱だった。俺たちの交易網は、胡人のそれとは比べものにならんくらい、この大陸に張り巡らされているのさ」

　かつては季節に従って草原を移動する遊牧の民が、定住者の都市と都市を結ぶ血流であったという。

　それでは、朔露大可汗の征西は、西方胡人の東方進出によって、朔露人の交易権が脅かされ、北大陸に押しやられたことが原因であったというのだろうか。玄月は朔露の歴史に興味を覚えたが、記録を残さぬ民の武人であるグルシから引き出せる知識には限界があった。また互いに相手の言語を充分に理解できないことから、玄月は求める知識を得ることはできなかった。

玄月は市に関心を戻し、特に品質を吟味することもなく、毛皮の襟巻きや長靴を買う。そうかと思えば、織物商の天幕では時間をかけて緞帳や寝床に敷く毛織物を選んで、グルシを退屈させた。

「お客さん、金椛のひとだろ。いいものが入っているよ」

三軒目の織物商が玄月に声をかけると、グルシの表情に緊張が走る。玄月は何食わぬ顔をして織物商が見せる品物をひとつひとつ眺めた。

それは織物ではなく、みっしりと刺繍を施した手巾であったり、帯であったり、あるいは壁掛けであった。意匠は金椛の建築物や風俗、神獣や鳥獣、植物などで、なるほど商人が異国に暮らす金椛人を見つけたら、勧めねばと思うような情緒豊かな品ばかりであった。

玄月はすべての刺繍製品を買い取った。

「そんなに買ってどうするんだ」

グルシは目を瞠って訊ねる。

「里心がついて、抑制が利かなくなったのと、あとは嫌がらせだな」

「嫌がらせ？」

「私が市場で購入したものは、すべて調べられる。外部と連絡を取っていないか、金椛側の間諜とつながっていないかと、疑われているのだ。私に物を売った商人も、私から金銭以外の物を受け取っていないか、詮議を受けているはずだ。これだけの刺繍製品に何か仕込まれていないかと、一針、一針、舐めるようにして検査する連中の徒労を想像すると溜飲が下がる」

「それだけのために、散財しているのか。見れば、さして必要でないものばかり冷やかしては買っている」

グルシはあきれてかぶりを振った。

「買い物は単なる気晴らしだ。仕事が退屈で、たいした娯楽もない。ほかの土地から来た交易品を眺めているだけで、気分転換になる。が、必需品を買う金も残しておかねばな。今回は薬種屋が来ている。助かった」

「どこか、具合が悪いのか」

「寒くなったせいか、治ったはずの傷が痛む。年寄りのようだろう？」

天幕の帳を上げて、中に入る。刺すような匂いに、甘みを含んだ乾いた草の香りも混ざっている。中で薬研を転がしていたのは、麦藁色の髪を三つ編みにして頭に巻いた、中年女の薬商であった。

「何が入り用か」

愛想のよい笑顔で、応対してくる。玄月は客用の椅子に腰をかけ、昨年から負った胸の負傷と、とうに治癒したはずの骨折部分が痛むことを相談した。

「骨折の痛みが治らない理由は、骨の接ぎ方が間違っているか、そうでなければ栄養不足と、運動不足だ。足を見せてみろ」

玄月は素直に長靴を脱いで脚衣を巻き上げ、折った方の足を空いた椅子に乗せる。薬商は丁寧に玄月の白い足に触れ、押して痛いところがあるかと訊ねる。

「骨はきれいに接がれている。よい医師にかかったな。骨の治癒によい食べ物は肉や乳だが、この季節は乳も乾酪も手に入りにくい。しっかり肉を食え。じっとしていれば痛みはそれほどではないが、動いたり押さえたりすると痛い？　ふむ。打ち身には桂枝茯苓丸だが、骨砕補と接骨木も足しておこう。胸と足の両方に効く。顔色も悪いな。風邪は引いてないか。人參茶と姜湯もつけてやろう。春までは無理せずに、面倒ごとはひとに任せて、難しいことを思い詰めず、のんびり養生することだ」

立て板に水のごとく処方を説明し、煎じ方も丁寧に教える。

「痛みのために眠れない夜が続くようなら、麻勃もあるぞ」

副作用を思って断ろうとした玄月だが、思い直して注文する。

「手持ちの銭では足りなくなってきた。グルシ、いくらか貸せるか」

退屈そうに薬棚を眺めていたグルシはいきなり訊ねられて、慌てて答える。

「金は持ち歩かん」

落胆する玄月に、女薬商は朗らかに代替案を申し出る。

「物と交換でもいいぞ」

玄月は気まぐれで買った刺繍布を引き出して、女薬商に選ばせた。

「助かった。孫の土産を買いに行く手間が省けた。店番をしていると、なかなか買い物にいく暇がなくて困る。おっと、これはおまけだ。薬を買ってくれた客には病避(よ)けのまじないとして、皆に渡している」

女薬商は紙に押した紫苑(しおん)の花を差し出した。紫苑の花詞(はなことば)を察したのだろう、受け取った玄月の口の端に、かすかな笑みが浮かんだ。グルシが眉間(みけん)にしわを寄せて口を挟む。

「そんなものが病避けになるのか」

「紫苑は根が薬になり、花はうまく乾燥させると美しい色がいつまでも残る。しかも強くてどんどん育つ。縁起がいいので、ちょっとした贈り物に喜ばれる。あなたも欲しければやろう。こっちの兄さんがたくさん高い薬を買ってくれたから」

紫苑の押し花をもうひとつ取り出してグルシに差し出した。グルシはいぶかしげに問いただす。

「おんなひとりで行商とは珍しい。相方はいないのか」

女薬商は、調製の途中であったらしい鬱金(ウコン)の鮮やかな黄色の根を取り上げつつ答える。

「息子が鋳物屋をしている。よかったらそっちでも買い物をしていってくれ」

方角を聞いて、玄月とグルシは鋳物屋へと向かう。

「有り金を使い果たしたのだから、行っても無駄ではあるのだが」

玄月がぼやくと、グルシが応じる。

「あとで穹廬に運ばせて、金を払えばよいだろう。おれはいつもそうしている」
「私のところに配達させると、下着から靴の中まで調べられて気の毒だ。やはりやめておこう」

玄月とグルシが立ち去ったあと、薬種屋に二人連れの男がきて、前の客が買い求めた品物を聞き出そうとした。女薬師はひとつひとつ答え、さらに前の客から何か受け取らなかったかという詰問に、そこにある数枚の刺繍布を薬と交換したと答えた。

男たちは特に怪しい物は見つけ出せなかった。女の身元も、天鳳行路を行き来する薬種業であることを証明する書き付けを持っていたので、それ以上の詮索はされなかった。

市が退けて、鋳物屋と合流した女薬師は、にんまりと笑って首尾よく行ったことを告げる。

「玄月はそっちには行ったか」

鋳物屋に扮した郁金は、がっかりした風情で首を横に振る。

「遊圭が書いた渾身の暗号書簡は、渡せなかったか」

「ラシード隊長に叱られてしまいますね。でも、シーリーンさんのほうはうまくいったようで、よかったです」

「うむ。玄月が刺繍を解読できるかどうかは、心許ないがな。とりあえずおとなしく助けを待つようにとは言ったが、朔露人の連れがいたので、回りくどい言い方しかできなかった。伝わっているといいが」

シーリーンと郁金は交易商と合流し、日暮れ前に穹廬の都市を去った。

いつになく大量の小間物を持ち帰った玄月は、検閲の終わった品々を整理し、刺繍を卓に並べた。

壁掛けの刺繍は宗教色が濃い。日輪を背に大地を見下ろす昇龍。河伯のために氾濫する大河を遡る無数の魚、上空を飛天の群れが舞い、中心に聳えるのは赤い屋根瓦の五重塔。森は中原で見られる広葉樹が、左へ向かうにつれて濃い緑の針葉樹林となっていく。そして広大な大地のあちらこちらに、愛嬌を湛えた動物や伝説上の神獣や妖しの類も多彩な糸を使って描かれていた。

「なかなかの大作だな」

目を細めて、龍の鱗に現れる幾何学的なもようをじっと見つめる。五重塔にかけられた扁額、対聯の文字。

ラシードとその配下、そして郁金とシーリーンまでが命がけで持ち込み、玄月に渡したかった品だ。伝えるべき暗号が込められているはずである。文字でも言葉でも伝えられない情報が、絵か運針のいずれかによって語られているはずだ。

手巾にはそれぞれ、象や獅子、鷹などの動物と、花や樹木が一種類ずつ刺繍してある。これは一瞥してすぐに小物用の行李にしまいこんだ。ふたたび壁掛けを眺めつつ、玄月の目の前でシーリーンが、一枚一枚広げて見せながら抜き取った手巾を思い浮かべる。青龍、海獣、竹林、牡丹、虎——。

いったい、何を伝えようとしているのか。これまで遊圭に教えてきた暗号の組み方に通じる何かがあるはずである。

「今日の市では、興味深いものを得てきたと聞いたが」

予期していても、その声を聞くとぎくりと緊張が走る。玄月は立ち上がってユルクルカタンを迎えた。

「故郷の風景と信仰を表した壁掛けを見つけたので、買い求めました。眺めていると、少しは懐郷の痛みが癒やされます」

「帰りたいか」

鋭いまなざしで壁掛けを見つめながら、ユルクルカタンは玄月に問うた。

「それはもう」

「このように水と緑の豊かな国であれば、確かに帰りたかろうな」

「夏は暑く耐え難いときもあります。ただ、ひとは生まれ育ったところの風土が、一番肌にあうのではと愚考するところです」

「我らに朔露高原へ帰れという意味か」

玄月は自分の失言に恐縮して低頭する。

「そのように聞こえましたのなら、謝罪します」

「金椛国では、龍は皇帝を意味するのであったな。そなたの忠誠心は、いまだ金椛皇帝に捧げられているということか」

玄月はさらに頭を低くして、緊張でうわずった声で応える。

「龍は一般的にあらゆる吉事の象徴、あるいは運勢好転、隆盛の象徴でもあります。とくに黄龍は四神の長。革命によって王朝が移り変わっても、中原の守護神であることに変わりはありません」

「では、朔露が中原をとれば、わしが黄龍の系譜の新しき祖となるわけだな」

「御意」

「そなたの協力次第では、一日も早く帰郷できるようになるぞ。このような偽物を眺めて望郷の念を慰める必要などなくなる」

「どのような協力をお望みでしょうか」

物怖じせず、丁寧に問い返す玄月に、ユルクルカタンは満足げにうなずく。

「金椛の皇帝が慶城まで行幸していることは前にも言ったな。嘉城あたりまで引っ張り出せぬものか」

「決闘でも申し込むのですか」

ユルクルカタンは愉快そうに笑う。

「それも悪くないが、講和の場を設け、対面してみたい」

「金椛を征服するのが目的であると理解していましたが。講和で得られるのは、せいぜい河西郡の領地割譲くらいなものです。それでは私は故郷の都まで帰れません」

不服げな玄月の反論に、ユルクルカタンは鋭い目つきとなる。

「心配するな。金椛の国も皇帝も、余命はいくらも残ってはおらん。いま慶城には数十万、少なく見積もっても五十万の兵が開戦の時を待ち構えているという。たとえ金椛の半数の兵力でも、兵の精強さでは我が朔露軍がはるかに上回る。若く未熟な皇帝を挑発して交渉を決裂させ、決戦に持ち込めば、一気に決着がつく」

玄月が刺繍に込められた暗号を解読する暇もなく、ユルクルカタンは一気に戦況をこちらの主導に持ち込むつもりらしい。ユルクルカタンの罠にかからぬよう、陽元に警告しなくてはならない。そして、シーリーンが選んだ手巾と刺繍の解読については、ユルクルカタンの話を聞いているうちにひらめくものがあった。

手巾に刺繍された動植物は、各州に置かれた地方軍の、軍旗や徽章の柄であった。シーリーンが抜き取ったのは、動かなかったか援軍の数に入っていない軍団だろう。すると帝都より以北へ動員できる金椛軍の総数は最大で六十万は期待できる。実際に西沙州まで遠征できるのは最小でも三十万から四十万。数の上では遥かに有利だ。

壁掛けの刺繍は明らかに金椛領の地図であるが、おとぎ話風に戯画化されており、ただの飾りにしか見えない工夫がされている。しかし、この大作は一年やそこらで縫えるものではない。よく見れば新しい糸で縫われた柄や、もともとある図柄の上に、一定の縫い目ごとに刺す針の方向が変わった刺繍がある。拾い出していけば、決まった文字に対応する表が作れそうだ。

　講和要請の文書を書くように命じられた玄月は、すぐに草案に取りかかった。

九、凶運の使節

「講和の申し入れ？　果たし状の間違いではないのか」

陽元は使者のもたらした書状を、蔡太守から受け取りながら毒づいた。

開封されていない書状を、陽元はいらだたしげな手つきで開く。

朔露（さくろ）大可汗からの親書であるので、蔡太守は使者の口上を聞いただけで、書状は開封せずに陽元のもとへ運んだのだ。

　上質な絹帛（けんぱく）に綴（つづ）られた親書を広げるなり、陽元はぎょっとして椅子の上で前のめりになった。

「星殿中侍御史（でんちゅうじぎょし）を呼んでこい！」

　命じられた近侍は一目散に部屋を出て行き、残された蔡太守は無言でその場に立ち尽くす。誰もが不安な顔を見合わせるなか、陽元は遊圭が参内するまで、よく見知った筆跡によって書かれた書状を繰り返し読んだ。

　緊急の呼び出しに応えて、息を切らせて駆けつけた遊圭に、陽元は書状を突き出すようにして手渡す。

「解読しろ。これでは普通の講和申し入れ文書としか読めない。この私に嘉城まで出てこいだと？　やはり果たし状ではないか」

さっと斜め読みした遊圭も同感ではあったが、注意深く読み直してからでないと結論は急げないと考えて即答は避けた。

「紹には何もせずにおとなしく待っていろと、伝えたはずではないのか！」

「確かに、そのように図りました。が、大可汗の書記官という立場上、こういう文書を書けと命じられたら、玄月さんとしてはそうしなければならないわけですし」

外は小雪交じりの木枯らしが吹き荒れているというのに、遊圭は汗をかく思いで玄月のために弁明をする羽目になっている。

「ユルクルカタンめ、よくも紹を顎でこき使うような真似を！」

「つまり、陶監軍使であることがばれてないわけですから、そこは陛下はご安心なさるべきかと」

取りなす声を上げたのは蔡太守だ。

「使節は何者だ」

「イルコジ小可汗と、グルシ千騎長と名乗っております」

その名を聞いた遊圭は、眉間に皺を寄せる。

「胡人の通訳は同行していないのですか」

「そのようだ。星公子、とりあえず使者の接待にでてくれぬか。グルシと面識のあるそなたが出てくれると、話もそうそうこじれまい」

蔡太守も、額をこすりながら返答した。

遊圭は一時の退出を陽元に求め、許可された。親書を懐深くにしまい、使者を待たせている部屋に急ぐ。イルコジ小可汗に会うのはさすがに緊張する。戴雲国の母妃の侍女として、対面してから二年が過ぎている。正規の官服に身を包み、どこから見ても年相応の成人男子となった遊圭と、女装していた当時の遊圭が結びつくことはないはずだ。ジンだって、声を聞き分けるまでは、男に戻った遊圭が侍女のユウであることに気づかなかったのだから。

遊圭は蔡太守に続いて、使者の間に入った。グルシは最後に目にしたときよりも男ぶりが上がっている。いや、馴染んだ水と、本来の地位に戻って元通りになったと言うべきだろう。

グルシは遊圭の目礼に、わずかに手を剣帯に触れる仕草で答礼した。正使のイルコジは、横柄な態度で蔡太守に親書の返事を求める。

「軍議に諮って、返書を認めねばなりません。使節の方々には数日逗留いただきます。不自由がございましたら、こちらの星殿中侍御史に申しつけてください」

イルコジは胡語を話し、グルシは胡語と金椛語を操る。通訳は必要ないわけだが、傲慢な末子のイルコジと、単純な武人である族子のグルシという、どちらも腹芸の不得手な組み合わせでは、交渉の場には適材といえないのではと遊圭は訝しむ。

ゆるゆるとした物腰で進み出た遊圭は、正使と副使を公使館へと案内した。イルコジになるべく顔を見られないように、しかし胸は張って女装当時の動きを連想させないよう、意識して歩いた。

使節の一行が公使館に落ち着いたのを見届け、遊圭は陽元のもとへとって返した。玄月の書いたユルクルカタンの親書をじっくり検分するためだ。

意図的な誤字はなく、音読しても別の意味は読み取れない。横一行めを右から左読みにしたり、左から右読みにしてみたり、それを各横行で順番にやってみたり、逆から読んでみたりしたが、意味は成さなかった。

「つまり、ユルクルカタンに言われたとおりのことを書いた、としか考えられません。玄月さんにしては直球なわけですが、この講和云々に関しては玄月さんは一切関与していない、という意思表示では」

「ユルクルカタンの申し入れを無視せよということか」

陽元は疑わしげに問いかけた。

朔露軍の倍の兵数を有し、大可汗を誘い込むための仕掛けもちゃくちゃくと仕上がっているこのときに、なぜ講和などに応じなくてはならないのか。本音を言えば、使者を首だけにして送り返して、即開戦してもいいくらいの意気込みである。だが、まだ機は熟しておらず、急いては事をし損じるということわざの通りに、作戦が失敗することは避けたい。

「おそらく、朔露側もこの講和が成立するとは考えていません。慶城までの街道を堂々と歩いてこちらの懐に入り込み、わが軍がどういった防衛策で朔露を迎え撃つもりなのか、偵察しに来たのでしょう。できるだけ使者の滞在を引き延ばし、向こうの希望通り、ユルクルカタンと陛下の会見が実現すると見せかけて、計画の実行は継続するのが最善かと思います」

陽元はますます不機嫌な面持ちで、左手に握った笏で右の掌をペチペチと叩く。

「遊よ、そなたの考えは、私の推測とさして変わらん。誰にでも思いつき、見透かされるような策では困るぞ」

求められている仕事の質が高すぎる上に、すべてが自分に丸投げされているような気がしたが、悩んでいる時間はなかった。陽元の立場では、たとえ思いつきであろうと発言したことは決定事項になってしまうため、うかつなことが言えないのだ。そのため、側近たる者は陽元の代弁者として、主君の心に適う意見を奏さねばならない。

城外で活動していたルーシャンが帰城したと連絡が届き、遊圭は予測していなかった事態について相談するために、ルーシャンの兵舎へと走る。

親書を読んだルーシャンも、軽く頭をひねって、書かれている以外の意味は読み取れないと匙を投げた。

「必ずしも暗号や密書を送ってくるとは限らん。むしろそれだけ、大可汗の監視が強く、些細な小細工もできない状況に玄月はいるということだ。こちらの作戦はラシードには伝えてある。流言の仕込みは順調だ。心配することは何もない。それより、文章そのものはどうだ」

「完璧（かんぺき）です。官僚登用試験の模範解答文章にして、永年保存にされてもよいくらいに」

遊圭が即答すると、ルーシャンが笑う。

「つまり、玄月自身は、体調も精神も絶好調ということだ。俺たちは計画どおりにやればいい」

ルーシャンの太鼓判に、遊圭は目から鱗（うろこ）が落ちた気がした。

「しかし、大可汗が金椛皇帝と対面を申し込んでくるとはな。何を考えているんだ」

「西方では、君主と君主が協定の場で話し合うことは珍しいことではないと、シーリーンは言ってましたが」

「小国間では珍しくはないが、対帝国ともなれば、代理の使者が立つのが普通だ。ユルクルカタンはこれまで征服した国々に、降伏か敗北かという選択肢しか与えてこなかった。奴自身が協定だの講和だのといった場を知らんはずだ。もっとも、朔露人にとっちゃ、大可汗のいるところが前線だ。そこで大可汗が自ら敵の総大将と戦うなり、話し合いなりに出かけていくのは、おかしなことでもないのかもしれんが」

「金椛人にとっては、許すまじきことです。東大陸にはこれまで金椛帝国と同等以上の国がなかったので、皇帝が中間地点に呼びつけられるというのは、屈辱的なことです。わたしでさえそう感じるので、天子たるべく教育されてきた陛下はなおさらでしょう」

　ルーシャンは豪快な笑い声を上げる。

「国土の広さと軍隊の規模は、同等かあちらが大きいくらいだ。おまえさんたちも考え方を変えた方がいい頃合いだな」

　ルーシャンは他人事めいた物の言い方をする。だが、それは事実であった。

　遊圭はふたたび陽元のもとへ戻り、親書を返してルーシャンの見解を伝えた。

「だがな、紹はどんな困難な状況でも、平気な顔で通すのだ。今回もそうでないとはいえないだろう」

「その可能性は充分にあります。たとえそうだとしても、玄月さんは腹をくっているということです」

　陽元は納得しかねた顔つきであったが、本意は玄月にしかわからないこととして、親書に込められた意図を探るのをあきらめた。

　遊圭は蔡太守の政庁へゆき、公使館の接待役を選ぶ。新婚早々ではあるが、朔露語も胡語も使える橘真人が適任であろう。蔡太守の認可を得て真人のもとへ持って行く。

「えええ。使節の接待なんて、先方が帰国するまでうちに帰れないじゃないですか！　ほかを当たってくださいよ」

「決定事項です」

　ごねる真人に強引に仕事を押しつけ、遊圭はユルクルカタンへの返信について、陽元が蔡太守と議論している行宮へと駆け戻った。

「いまごろ講和などと、下心があるとしか思えぬ。朕が慶城に行宮を構えていることを知って、帝都まで攻め込まずとも金椛の頭を叩き潰すつもりで誘いをかけてきたのだ。みすみす罠にかかるために出かけていくような、暗愚な皇帝として歴史に名を刻むのはごめんだ」

「もちろんです。天子が自ら講和の場に出て行くことは、前例のないことです」

蔡太守は頭の固い前例主義の官僚ではないが、さすがにこの案件はあらゆる理由をもってして拒絶しなくてはならなかった。

「イルコジとやらが、こちらの防衛を偵察に来たのなら見せてやればいい。防馬柵も塹壕も、見えやすくしておけ。慶城を攻めるのは難しいと思ってくれれば、こちらの思うつぼだ」

遊圭はふたりの邪魔にならないよう、書記官の斜め後ろから議事録をのぞき込み、議論の行方を追った。予想通り、講和拒否の方向で話が進んでいる。

春には増援が遅れ、こちらから休戦協定を申し出た金椛軍ではあるが、いまは数の上では朔露軍を圧倒する。旧楼門関の向こうへ朔露軍を押し返す作戦はすでに発動していた。しかし、全土から集められた兵士たちは、国を守ろうという気概のほかは、箸にも棒にもかからない雑兵と言ってさしつかえない。

陽元を始め、蔡太守とルーシャンは現実的な視野と考えの持ち主であったので、この『武器を持った庶民』の群れには『数の圧力』以上の役割は期待しておらず、朔露軍にぶつけることなく、なるべく死なせず故郷に帰して生業に戻らせたかった。

「游、戻ったか」

陽元に声をかけられ、前に進み出る。

「朔露の使節どもは落ち着いたか」

「橘主事が接待に当たっています」

「かれならうまくやるだろう」

遊圭は陽元の許しを得て、もういちど親書を手に取って目を通した。試験の模範解答と喩えたことを、本当にそうだろうかと思い返したのだ。なにせ、外交文書の例など、学生が滅多に目にできるものではない。形式もひとつではないはずであった。

遊圭は文章ではなく、形式に気をつけて注意深く見直した。そして、祐筆の署名に捺された印を見て、はっとする。朔露国の書記官として署名したのならば、金椛官吏の印など捺す必要はない。玄月自身の印綬は慶城に遺されたままで、なりすましている林義仙の印綬など持ち合わせるはずもないのだ。

遊圭はふふっと笑いがこみ上げる。よく見ればそれは手書きの印だった。いったいどのような強弁を用いて、これが金椛国書の形式だとユルクルカタンに言い抜けたのか。四角い枠の中に特殊な古い書体で詰め込まれた文字を読める者は、ごく一握りの金椛人だけだ。金椛帝国の官僚と、国士太学の学生。

「これは、林義仙の印ではないうえに、六文字も詰め込まれている。なんだろう。ぐ、る、し。グルシ？　グルシがどうしたんだろう。ジン、の、兄？」

すうっ、と頭から血の気の引く音が、聞こえたような気がした。イルコジとグルシが使節に選ばれたことを憂慮した玄月は、遊圭に向けて警告を発したのだ。そして、唐突に目に入ったもうひとつの警告。印に注目すると目に入る文字がある。

——年と月はともかく、この月の日付が乙未（きのとひつじ）なんてあり得ないだろ。どうして気づかなかったんだ。三十二、それとも三と二か。

遊圭は本文に戻り、ついに数字の示す文字を探し当てた。

『四』と『民』。

「どうした、游。なにを見つけた？」

書面をにらみつけて、笑ったり青ざめたりする遊圭に、陽元が声をかけた。遊圭はかすれ声で答える。

「陛下、蔡太守。玄月さんからの警告です。この講和使節は茶番です。大可汗の『罠』です。行ってはいけません。それからわたしを使節の接待から外してください。グルシの弟は、劫河（こうが）戦で戦死した五千騎の将ジンです。そのジンを破滅に導いたのがわたしで、殺したのが玄月さんなのです。星遊圭が劫河戦で名を上げたのは、金椛兵で知らない者はいませんから、いずれかれらの耳に入るでしょう。グルシに弟の最期を訊（き）かれるかもしれません。知らないと言い抜けることもできるでしょうが、もしもイルコジが、戴雲国の母妃の侍女として、朔露陣に潜入していたのがわたしであったことに気づけば、あの敗北とジンの死の責任がわたしにあるという結論にたどりつきます」

陽元と蔡太守は顔を見合わせた。

「どうせすぐに追い返す連中だ。だが、不愉快な邂逅は避けることにしたことはない。游は北天江上流へ掘削の進捗を見に行け。その間にやつらを追い返す。尤仁の隊を護衛に連れて行くといい。遅れていたら人手が必要であろうからな」

「御意」

遊圭は退出してすぐに尤仁に玄月の警告を話し、出発の準備をした。旅支度を見て天狗と天伯親子が興奮して跳ね回る。劫河戦のことは、イルコジとグルシの前では絶対に話題にしないよう真人に釘を刺し、午後もすでに遅かったが尤仁の率いる錦衣兵百騎とともに南へ発った。

「文字通り、ケツまくって逃げる、という図を目の当たりにしたよ」

慶城が見えなくなるころ、馬の速度を並足に落とした尤仁が、笑いをこらえきれずに遊圭をからかう。

「君だって、正面から朔露の将に締め上げられたことがあれば、絶対に怒らせたくないし、恨みを買いたくないと思うさ」

遊圭はジンに投げ飛ばされ、壁に叩きつけられ、首を絞め上げられて刺殺されそうになった次第を、尤仁に話して聞かせた。

「玄月が駆けつけてくれなかったら、ぼろくずのようになって死んでいたよ」

「玄月殿は、君や僕の危機を救う宿命でも背負っているのかな」

遊圭は目に入った埃を落として嘆息する。

「そうかもしれないな」

「まあ、堤防や掘削の進捗を見に行くのは、少し予定が早まっただけのことだ。水攻めは君の得意とするところだからね」

「たった一度成功しただけで、得意になるほど愚か者にしないでくれ。第一、わたしは考えをまとめただけで、劫河戦の水攻めを実際にやってくれたのは、呉将軍と戴雲国の兵士たちだ。今回も、河南軍の兵が支流の掘削をやってくれている。河南郡は氾濫が多いから、水利に関しては金椛一の工兵たちだ」

馬柵を造り、塹壕を掘って慶城の防衛に力を注ぐ一方で、北天江の支流に堤防を築き、運河を掘削し、広範囲の沼を作り出して渡河地点を狭めていくのが、遊圭が考えついた作戦だ。金椛側に有利な地形と戦場を作り出していくこの大がかりな土木作業は、河南兵が毎年のように雨季の豪雨と戦い、それによって蓄積されてきた治水の知識と技術が生かされている。

河西郡に集結した軍兵の多さに、ユルクルカタンが慶城を落とし難いと判断すれば、先に首都を取ろうとして北天江を目指すだろう。

劫河戦の水攻めとは筋書きは異なるが、場合によっては、堤防に堰き止めていた水を放流して、金椛側にとってより有利な戦場へ朔露軍を誘導することもできるかもしれない。朔露の兵にぶつかれば、麦のように薙ぎ倒されていくであろう河南軍の歩兵も、砂漠や平原の剽悍な兵士には想像もつかない速さで土を掘り、地形を変えていく力を秘めている。

「君と話していると、物の見方や考え方がぐるっと変わるよ。戦いは武器で殴り合うだけじゃないってことかね」

「武器で戦える人間ばかりじゃない。弱い者は、それぞれに使える技術や知識を集めて、なるべく痛い思いや死なずにすむ方法を探すわけだ」

二日かけて、一行は北天江の最初の支流に着いた。

「もし、朔露軍が慶城を抜かずに一路帝都を目指そうとしたら、この支流が北天江と合流する先で渡河するのが近道だ。だから、この流域をまず沼地に変えて、渡河地点をさらに下流に移動させる」

二年前、楼門関の陥落を聞いて北天江を下ったときは、ひたすらに北西の地平を眺めてルーシャンたちの運命を心配していた。江北の地形を眺め続けたことが、役に立つとは、そのときは想像もしなかったが。

通常の渡河地点の上流から支流の河を段階的にせき止め、網目のように運河を巡らせて、少しずつ流しては決壊を防ぐ。流域の住民の生活を破壊してしまうのは申し訳ないが、どのみち朔露の侵攻を怖れて、ほとんどの住民が下流や対岸に避難していた。

むしろ、人口が少ないために、灌漑事業が進められなかった北天江北岸の耕作地を増やせるのではないか。北天江に沿って軍屯を設置すれば、将来の防衛ともなる。そのように自分自身に言い訳をして、遊圭は視察を続けた。作業にあたる河南軍の将兵を激励し、進捗のめざましい部隊名を書き留め、次の現場へ移動する。

気がつけば、あっという間に七日が過ぎていた。

「冬至はもうまもなくだ」

白い息を吐きながら、遊圭は冬の空を見上げる。

去年の冬至は慶城で迎え、一昨年の冬至は死の砂漠の廃墟で迎えた。なんだか都よりも北辺の地で過ごす冬に慣れてしまっている気がする。

遊圭と尤仁は、慶城より上流にある渡河地点をすべて視察し終えた。掘削事業が順調にいっていることにほっとする。

高い猛禽の鳴き声に顔を上げれば、鷹のホルシードが遊圭の頭上を旋回している。鞍壺から革籠手を出して左腕に巻き、高く掲げる。ホルシードが降下して遊圭の腕に止まった。軽食入れから干し肉を出し、噛んで柔らかくしてからホルシードに与える。書筒から丸められた書簡を取り出して読み、交渉が決裂してイルコジたちは慶城を去ったことを知る。

遊圭らは城に帰還した。

「おかえりなさい、遊圭さん。大可汗と皇帝陛下の会見はお流れになりました」

「それはよかったけど、交渉が流れたのが、親書を書いた玄月さんの責任にされないか心配だ」

遊圭が憂い顔でつぶやけば、真人は拳をぐっと握って笑った。

「金椛皇帝はまもなく還御する、ってイルコジに吹き込んでおきましたから、数日後には動きがあることでしょう」

遊圭も、口角をくっと上げて微笑んだ。

「うまく食いついてくれるといいんですが。春節には何もかも片付いて、都へ帰りたいものです」

十、危機一髪、そして絶体絶命

慶城に急造させた祭壇で、陽元は冬至の祭儀を執り行った。

天を祭り、季節の行事を滞りなくこなしてゆくことが、政や軍征よりもなお重要な天子の務めである。そのために、特に新年の前後に天子が帝都を離れるのは、あり得ないことであった。しかし、陽元は河西郡という山のない辺境に暫定的な祭壇を建てさせて、前例にない祭祀を実現してしまった。

侵害された国土の奪還と、武運を願い、天帝へ祈りを捧げるのは、その現場にもっとも近い場所がふさわしい。

即位したころは、前例にないこと、前例を覆すようなことを実行に移すのは、まったく許されなかった。旧習を遵守することが何よりも重要で、そこに陽元の意思は存在しなかった。

女医生制度の発足や外戚族滅法の廃止など、当時は横紙破りと非難された改革も、時が過ぎれば徐々に受け入れられ、それによって救われる人間も増えている。

朔露の侵攻が国家の存亡を問う脅威であることを、早い時期から唱え続けてきた陽元であったが、これもまた長い間、鈍重な巨亀のごとき朝廷には理解されなかった。楼門関が奪われ、嘉城が失われ、燃えさかる炎を目の前に見せつけられて初めて、慌て出す。

楼門関の陥落について、ルーシャン将軍の責任を追及し、罷免と処罰を要求する声も高かったが、陽元はそれをねじ伏せた。罪を問われるべきは、充分な援軍が間に合わなかった朝廷であり、朝廷の頂点にあって、時局を正確に見定められなかった皇帝自身ではないか。ルーシャンの処罰を叫んだ官僚たちに、自ら陣頭指揮をとって朔露と正面から戦う覚悟があったというのか。そう問われて出陣すると答えられなかった者は、どんどん切り捨てていった。

河西郡の半分が奪われたことが、陽元に強権を発動する機会を与えることになったというのは、まことに皮肉なことだ。避難のために、陽元の在世中に一度も行幸したことのない南都への遷都を奏上してきた官僚には、本人の望み通り南岸の国境付近の太守に任命してやった。その辺境における脅威は、海賊による散発的な被害と、密林の風がもたらす熱病だけだ。朔露と正面切って戦うほどの難行ではない。

陽元に、ある種の容赦のなさが生まれたのは、信頼していた宦官、王慈仙の裏切りからであった。金椛の禄を食みながら、国難にあって保身のみ図り、おのれの権勢の伸張に利用しようとする寄生虫どもを許せなくなっていたのだ。そういう連中に限って、文字通り命を賭して国を守ろうと奮闘するルーシャンや陶玄月、星遊圭らの足を掬おうとする。

君主として、絶対に排除せねばならなかった。さもなければ金椛王朝は天命を失い、これまで滅んできた王朝と同じ運命を辿ることになるだろう。

自身に金椛全軍を率いて朔露と戦う器量や能力があるかどうか、という葛藤はもはや問題ではなかった。親征をも辞さない、という姿勢を示す時がきていた。

少なくとも陽元はそう信じていた。

そのように決意を固めてもなお、中原の帝王学を叩き込まれた陽元にとって、兵権は臣下に託すものであって、君主が自ら揮うものではないという考えから逃れられないでいた。慶城まで乗り込んでも、天子が天下に示すのは戦勝祈願の祭儀と、大将軍への兵権の委任。将兵を死地へ送り出す為政者であることは、都にあるときと変わらない。

祭儀を終え行宮で一休みしていた陽元のもとに、遊圭が訪れた。旅装に最低限の防具を装着した遊圭は、一足先に出発するために、暇を告げに来たのだ。

「気をつけてゆけ」

危険な任務に義理の甥を送り出す罪悪感は、チリチリと陽元の胸を刺す。未来あるこの年下の若者よりも、死地に赴くべき年長者はこの国に無数にいるというのに。

皇帝から直に賜った言葉に、遊圭は謝意を表す。あまりに端然としたたたずまいに、陽元はいたたまれない気持ちになった。

「若く未来のあるそなたが、命を懸ける必要のない国にしておくのが、私の務めであったのにな。本来は私が行くべきであると思う心に、偽りはない」

遊圭は目を瞠って義理の叔父を見上げた。玄月が陽元に見た『仁』を、遊圭はいま目のあたりにしているのだと実感する。

「陛下の代わりが務まる人間はどこにもいませんし、未来があるのに戦地に赴く若者はわたしだけではありません。わたしは、ひとはみな、それぞれが置かれた場所で、取り替えることのできない天命に従って生きているものと、考えています」

そしていたずらっぽい笑みを浮かべる。

「陛下が、御本心では講和の申し入れを受けて、大可汗と対面なさりたかったのは知っています」

陽元もまた、片方の口角を上げる笑みを返す。

「ユルクルカタンが本心から講和を望んでいるのならば、それも選択肢ではあったが」

大可汗が心から講和を求めていれば、イルコジ小可汗を正使に命じるはずがない。劫河戦での失地を回復するために、戦わずにいられないのがイルコジという男であった。

「その人生のほとんどを戦場で過ごして大陸の半分を征服し、齢五十を越えて衰えることなく、残りの半分を征服しようという男に、会ってみたくないはずがない。自ら選んで帝王となった男が、何を考え、生きてきたのか」

本人の意思に関わりなく皇太子に据えられ、父帝の崩御によって自動的に登極した司馬陽元には、いまだ迷いがあるのかもしれない。

「でも陛下。陛下もまた、ご自分でお選びになった道を歩んでおいでです」

遊圭のまっすぐな視線を受け止め、陽元は「うむ」と短く応えてうなずいた。


星遊圭がふたたび慶城を発ち、南へ向かって三日後、陽元は西に面した城壁に立った。河西軍、天河羽林軍、江北軍合わせて十八万が、嘉城の奪還を目指して進発するのを見送るためだ。明光鎧に身を包んだルーシャンが、大地を覆い尽くす金椛の軍兵を率いて西へ向かうのを、蔡太守と並んで城壁に立ち、武運長久たれと祈る。

「江南軍は北天江支流の掘削にあたり、江南軍の背後を稜西軍が守り、さらに稜東軍が帝都を守る盾となっている。海東軍は休息のために帰郷しているとはいえ、金椛の軍兵六十万を一斉に動かすことができるとは、三年前には想像もできなかったが」

地響きとともに土埃が天高く舞い上がり、西天を薄暗く染めてゆくのを見つめつつ、陽元は感慨を込めて傍らの蔡太守に話しかけた。

「国難を乗り越えるためには、全土の民が団結することが肝要です。陛下がこの偉業を成し遂げることを、祈るばかりです」

全軍の背後にあって、出身地も戦い方も異なる各軍の調停と、前線に集う三十万の兵を養う兵站の維持に力を尽くす蔡太守は、謙虚にそう応えた。

「蔡太守の尽力なくして、成し得ない偉業でもあるな。あとは任せた」

すべての行事を終えた皇帝は、帝都へ還御する。

全軍が楼門関跡を目指して進発したあと、慶城の南門が開き、錦衣兵に守られた金椛皇帝の一行が北天江を目指して出発した。

ルーシャン率いる金椛軍は、朔露軍と二日にわたる剣戟を交わした後、後方から駆けつけた朔露の援軍に押されて撤退し、慶城へと引き返した。ルーシャンが帰城すると、慶城では喜びに沸き、温存されていた新たな十二万の兵が城を包囲しようとする朔露軍を迎え撃った。数十里の長さにおいて仕掛けられた防馬柵や、目隠しをされた塹壕に朔露軍を誘い込み、敵の騎馬兵を翻弄する。

防馬柵を避け、あるいは飛び越えて、隠されていた塹壕に飛び込み、馬の脚や首の骨を折っては地面に投げ出される騎兵の姿を、慶城の城壁から見ることができる。ルーシャンは容赦なく矢を射るように命じ、弓兵はよく応えた。

朔露軍は早々に兵を戻して、慶城の南へと進軍を開始した。

「あきらめが早い。作戦通りとはいえ、あの大可汗が我らの筋書き通りに動いているというのが、信じられん。実は何もかも見透かされていて、乗ってくる振りをしているだけではないのか」

蔡太守は、慶城に引き上げ軽装の鎧に着替えたルーシャンに、胸にこみ上げる不安を打ち明ける。南へ転進したと見せかけて城から追討軍を誘い出し、油断する慶城へ一斉攻撃をしかける心積もりではないのかと。

「大可汗は見抜いているかもしれんが、この先、金椛の帝都へ進軍するとなれば、ほかに選択肢がないのも事実だ。大可汗は方盤城を落としたときの攻城兵器を、この慶城攻めには用意していない。こちらの増援の手ごたえを見るつもりだけで、はじめから攻め落とす気はなかったのだろう。その気になれば、慶城は避けて進めることができる。朔露軍の速さなら、背後から追撃される前に南へ転進して北天江を渡ってしまった方が有利だ。かつて、旧朔露国の軍が帝都まで押し寄せたやり方がそれだ。遊圭の記した朔露論によれば、だが」

そして、還御する皇帝という釣り餌に食いつくのが大可汗である必要はない。大可汗の覇業は終盤に近づいている。手柄を挙げて出世する機会はこれが最後と焦る小可汗や将軍らが、抜け駆けを図ってくれればよい。

蔡太守はうなずく。二百年前には、慶城とその周辺は軍閥の支配する無法地帯で、朔露軍は易々とこの平原を蹂躙（じゅうりん）し、略奪して南へ向かったのだ。かれらは河を渡るのに舟も橋もいらなかった。泳ぐ馬につかまって渡ったと伝えられている。

とはいえ、馬が泳げる流れの速さと川幅は場所が限られている。そこでは、百人の錦衣兵を率いた星遊圭が、江南軍の工作兵を督励しつつ朔露軍を待ち構えている。

「遊圭、ホルシードだ」

堤防の眺望台から北を監視していた尤仁が、東南の地形を見ていた遊圭に声をかける。

「いや、あれはアスマンだ。ホルシードの母鷹の」

上空を見上げた遊圭が応えると、足下で毛繕いしていた天狗親子が飛び起きてうなり声を上げた。遊圭が鋭い舌打ちで制止を命じる。

「この距離からよく見分けられるな」

「アスマンの飛び方は悠然としている。親子でも個性や経験の違いは、はっきりと飛び方に出るよ。といっても、わたしが見分けられるのはホルシードとアスマンだけだろうけどね」

革籠手をはめた腕を上げて、アスマンを誘う。天狗の抗議を歯牙にもかけず、アスマンはふわりと遊圭の腕に降りた。

「着地の仕方も、アスマンの方が優雅だ」

書筒からルーシャンの手紙を取り出して広げる。

「朔露軍が南へ転進した。追いすがる慶城の軍と交戦しながら南下している」

「いちおう、追いかける振りはしないと、怪しまれるからな」

尤仁の相槌にうなずき返した遊圭は、アスマンに褒美の餌をやってから空に放した。

遊圭の上空を二度旋回したアスマンは、ルーシャンのいる北を目指して戻っていく。

「さ、水を流して壮大な沼地を仕立て上げよう。深い泥に馬の蹄をとられて、朔露の騎兵がさらに下流へ進まざるを得ないように」

遊圭が眺望台から降りようとしたとき、尤仁が悲鳴を上げた。

「砂煙が、こちらへ向かっている。数千騎はいる」

「馬鹿な。朔露軍にしては早すぎる。どちらの軍だ？」

「ここからでは軍旗を見分けられない」

「とりあえず工兵に警告してくる」

遊圭は階段を駆け下りた。天狗親子がそのあとに続く。

尤仁が迫り来る軍勢を識別し、敵襲を知らせる旗を振ったと同時に、襲撃者の群れから数千という矢が空に放たれた。

「土嚢の後に下がれ！　盾はどこだ！」

盾を持ち合わせない遊圭は、滑り込むようにして土嚢の陰に体を押しつけた。天狗が遅れがちな天伯を口に咥えて遊圭の側にもぐりこむ。

矢が雨のように降ってくる。風を切り大地を穿つ矢の音とその危険さは、初夏に降り注ぐ氷の塊、雹の嵐にも似ているかもしれない。

「どうしてここがわかったんだ」

遊圭は蒼白になった。ここは渡河地点よりもずっと上流だ。朔露が攻めてくる拠点ではない。ここに急ごしらえの堤防が存在し、その意味するところが朔露側に漏れているのでなければ。

逃げ遅れた工兵が、目の前で矢に貫かれてバタバタと倒れていくのを呆然と見つめる。

まさか、玄月に送った壁掛けに縫い込まれた、刺繍の意味を解読する者が朔露側にいたのだろうか。あるいは玄月の正体が朔露大可汗の知るところとなって拘束され、尋問されたのか。シーリーンが無事に戻ってきたことで安心していたが、敵地に在るということは常に命の危険が伴う。身元を偽ってのことであればさらに、秘密がばれたときの代償は大きい。

遊圭は腰の物入れから木炭と紙切れを出し、手早く現状を書き留める。天狗の首輪に書簡を取り付けた。

「天狗、急いで慶城へ戻って、これをルーシャンか蔡太守に渡して。朔露に捕まらないように。ここを朔露軍に占拠されたら、なにもかもおしまいだ」

天伯を抱いた遊圭を置いて、天狗はその巨体にもかかわらず、鼬のように土嚢に沿って進み、隙間をすり抜けていった。

天伯を抱いた遊圭は、尤仁の姿を求めて堤防へと戻る。堤防の外側では、すでに尤仁配下の錦衣兵と朔露兵の戦闘が始まっていた。河南軍の工兵も必死で戦っているが、こちらは麦畑の穂が刈られる勢いでなぎ倒されていく。尤仁の鳴らす鋭い笛の音が、撤退を命じる。多勢に無勢過ぎて、死守すらできない。みな、とにかく逃げろ、と。

遊圭は、金沙馬を繋いである馬柵へと、天伯を抱えて走った。

金沙の黄色がかった白い毛並みが見えてきたとき、遊圭の行く手に矢が飛んで地に刺さる。遊圭はたたらを踏んで踏みとどまった。その目前に次の矢が立つ。とっさに天伯を逃がして振り返ると、朔露兵はすでに間近に迫っていた。その先頭に、弓を構えたイルコジ小可汗が、馬上からにやにやと遊圭を見下ろしていた。

「これはこれは星なんたら御史。星公子、の呼称がより有名だそうだが。配下の兵を見捨てて逃げるところか」

逆である。遊圭が逃げなければ、みなが踏みとどまって戦わなくてはならない。戦えない遊圭が朔露に立ち向かっても犬死にでしかなく、それに付き合わされて無駄に死ぬ兵士たちこそいい面の皮だ。遊圭が逃げれば、みなも逃げることができるのだ。

「慶城で会ったときに、見覚えのある顔だと思ったのだ。金椛人に知り合いなどなく、きさまとは初対面であるのに、妙に気になった」

イルコジは側の配下を呼び寄せた。

「こやつを捕らえておけ。まだ殺すな」

集められたのは、一握りの工兵と数人の錦衣兵であった。その中に尤仁はいない。すでに敵の凶刃に倒れたか、逃げ延びて助けを呼びに行ったか。後者であれと、遊圭は必死で祈る。

「おれたちが金椛皇帝を追って行くと思ったか。餌が大きすぎては、食いつくのに顎が疲れる。大きな餌は兄に譲って、俺はきさまをどこで見たのか、それを思い出すのが忙しかった。とりあえず密偵を慶城に潜ませ、きさまの動きを監視させておいたのは正解だったな」

後ろ手に縛られた遊圭を小突き回すイルコジに、捕虜を集め終えたグルシが報告する。

「大方は逃げられた。もともと、たいした数の兵はいなかったようだ」

「ここが襲われるとは、思いもしなかったようだ。間抜けめ」

イルコジは遊圭の背中を蹴り転がす。グルシがイルコジの腕をつかんでたしなめる。

「おい、あまり乱暴にするな。大可汗に捕獲を命じられた皇帝の甥だ。勝手に殺したり傷つけたりすると、大可汗の気を損じる」

「親父殿のご機嫌なんか知ったことか。戦闘中に死んでしまったことにすればいい。俺はこいつに借りがある。手足を一本ずつもいで、こいつが造らせた水桶に放り込んでやる。グルシにも、手の一本はもがせてやる。こいつのせいでジンが死んだんだからな」

遊圭は地面にうつ伏せたまま彼らの会話を聞いていた。イルコジがわざわざ胡語でグルシに話しかけているのは、劫河で敗戦したときの恨みを晴らし、ジンの仇を討とうという意図と、迫り来る残酷な運命を知らせて遊圭に恐怖心を与えるためだ。

万事休すとはこのことであった。こんどは本当に絶体絶命のようだ。

遊圭の目の端に、地面についたグルシの膝が見える。

「星公子。本当か。ジンはおまえが殺したのか」

驚きと不信にかすれるグルシの声に、遊圭は目をつむった。

間接的には、遊圭が殺したことになるのだろう。イルコジの声が代わりに答える。

「こいつは戴雲国の人質の侍女に化けて、俺の陣営にもぐりこんできた。俺が作らせた山中の迂回道に、丸太落としや水攻めの罠を仕掛けるよう金椛軍に指示して、決戦前夜に人質とともに脱走。とんだ煮え湯を飲まされた。ジンは作戦決行の直前まで、川に流された戴雲王の母妃とその侍女を気に懸けて捜し回っていたというのにな」

イルコジの糾弾に、遊圭は目を閉じた。どんな弁解も、遊圭がジンを欺いた事実を正当化することはできない。傍らに膝をつくグルシの、言葉も見つからないまま呼吸が乱れる気配が伝わってくる。イルコジも遊圭の横に膝をついた。遊圭を仰向けにひっくり返し、顎をつかんで顔を光の下にさらす。

「髭は生えてきたようだ。だが、顔はまだあのときの面影があるぞ。金椛皇帝の甥は、女装して間諜までこなすのだから、驚きだな」

遊圭は口の中に入り込んでいた土を吐き出した。

「戦争は殺し合いだ。祖国と自分が生き延びるために、わたしはわたしの務めを果たしただけだ」

遊圭の反論に、目の前に転がされた華奢な若者がイルコジの軍を敗北させ、ジンを死なせたのだと信じられないでいたグルシは、ようやく口を開いた。

「おまえに、別れの挨拶を教えたのは、ジンか。どうしてジンは敵の星公子に、祝福のまじないを授けた？　つじつまが合わん」

イルコジは遊圭の顔をごしごしとこすり、汚れを落とす。

「かわいい顔をしているだろう？　当時はどこから見ても可憐な尼っ娘だった。ジンはこいつにたぶらかされたのさ」

「どういうことだ？」

頭上で交わされる会話を止めるすべがあるのなら、何を懸けてもいいと遊圭は願ったが、冬の空は無慈悲な青さで大地を見下ろしている。

「言ったとおりの意味さ。新鮮な果物が届けられると、真っ先にこいつのいた戴雲母妃の天幕に配達していた。部下に運ばせず、自分で持って行くんだぞ。気に入ったんなら小娘の機嫌なんぞとらずに、さっさとものにしちまえと、何度も言ってやったんだが。ジンは白瓜や杏子をもらって喜ぶこいつの顔を見るだけで満足していた」

できれば一生知りたくなかったジンの気遣いの理由に、遊圭は耳をふさぎたかったが、両手を縛られているのでそれも叶わない。

イルコジは遊圭の襟をつかんで立ち上がり、堤防へ引きずり上げた。グルシは怒りとも苦渋ともつかない色を濃茶の瞳に浮かべて、ふたりのあとに続く。

「ジンとおれの部下たちの恨みを晴らしてやる。このあたりは丸太もないから、潰しようもないが、水はたっぷりある」

その言葉も終わらないうちに、イルコジは遊圭を抱え上げ、堤にたたえられた水へと放り込んだ。遊圭はとっさに息を止め、目をぎゅっと閉じた。水飛沫が上がり、全身がぎゅっと絞られるような冷たい水の中を、上も下もわからないまま沈んでゆく。背中で縛られている手はどうにもならず、足をばたつかせても体力を浪費するだけだ。息苦しさにいつまでも息を止めていられない。

突然、腕のどこかと肩に激痛を覚え、ぐいぐいと引っ張られる。水の圧力が消え、周囲の音が蘇る。イルコジが遊圭の腕に縛り付けた縄を引っ張って、水面に引き上げたのだ。本能的に口を開け、冬の冷気を一気に吸い込んだ遊圭は、激しく咳き込んだ。

遊圭の頭がぐらぐらし、地面がぐるぐる回っている。水よりも冷たい風が千の針のように頬や首のむき出しの肌を刺す。濡れた服はたちまち冷えてなけなしの体温を奪う。

頬と首を冷たい金属で叩かれる。剣の腹でなぶられているのか。

「同じ手に二度もかかるほど、おれたちが能なしだと思ったか。水攻めしか思いつかぬ、ききさまの無能ぶりをたっぷりと思い知るがいい」

痛烈な罵倒を聞き分けうっすらと目を開けると、頭上で言葉を交わす二人の顔が見えた。グルシはずっと遊圭を見ていた。目の霞む遊圭には、その表情までは見えなかったが、視線だけは痛いほどに肌を刺す。イルコジはふたたび遊圭を堤に放り込んだ。息を吸い込む暇もなかった。こんどは直ぐに引き上げられた。遊圭は激しく咳き込み、水を吐く。

グルシは勧められても手を出そうとはしないが、イルコジの凶行を止めるつもりもないようだ。何も言わず黙って見ている、何もしないという行為に、より深いグルシの怒りと困惑が感じ取れる。

脅しのために遊圭に聞かせる必要もないと判断したのか、イルコジとグルシは朔露語で話し始めたので、何を言っているのかわからない。わかっても意味はない。遊圭は、最後の瞬間に鮮明に思い出せるよう、明々のことを考える。

都に使いに出した竹生は、ちゃんと明々に紫苑と桔梗の押し花を届けてくれただろうか。紫苑は『汝を忘れない』、桔梗は『永遠にあなたを愛する』という詞を持つとシーリーンは教えてくれた。『たとえ結ばれなくても、君をずっと想い続ける』という遊圭の誓いは、明々に届いただろうか。懐に入れた、寒梅の刺繍がされた襟巻きを思う。一度も使わなかった。そろそろ寒くなってきたから、使おう使おうと思いつつ、もったいなくて眺めては、また畳んで胸にしまっていた。この寒梅を頼りに、魂は万里を越えて飛べるだろうか。最後にひと目その姿を見たい。

うっすらと開いた目に、イルコジがグルシに短剣を渡すのが見えた。遊圭にとどめを刺すように言っているようだ。グルシは短剣の柄を握りしめ、暗く底のない瞳を遊圭に据えた。

短剣を手に、ゆっくりと近づくグルシの姿が、左手に握った短剣を肩の上に振り上げて、遊圭を刺殺しようとしたジンの面影と重なる。騙されていたと知って、暴力をふるうジンの罵倒と怒りに歪んだ面影、そしてあの夜の痛みが遊圭の胸に蘇る。

さすがに、いまのこのとき、玄月は助けに来てはくれないだろう。

どこにでも現れて、遊圭の危機を救ってくれた宦官もまた、敵陣に囚われているのだから。

せめて、玄月だけでも、蔡才人のもとへ帰ることができればいいのに。

やはり占いは当てにならない。長生きはしないし、星家の再興はならず、家は栄えない。方術師なんて職業は、禁止されるべきだ。

意識は遠のきつつあるのに、耳鳴りがひどい。ごうごうという音、怒号。どんどんひどくなる。地面も揺れる。

意識が途切れがちであった遊圭は、うつろな目を開けた。時間の経過もはっきりしないまま、あたりを見回したが、イルコジもグルシもいなくなっていた。怒号は堤防の下のほうから聞こえてくる。大勢の悲鳴や、何頭もの馬の嘶き。

何が起こっているのか。

体を起こしてあたりを見回すと、堤の水位が恐ろしい速さで下がっていく。堤防の外側を見ると、溜められていた水がものすごい勢いで下流へと迸り、濁流と化して行く手にあるものを呑み込んでいた。

誰かが水門を開いたのだ。

朔露兵は水に流されてゆく馬を追って、あるいは流されてゆく同僚を助けようと右往った。

左往していた。イルコジやグルシがどこにいるのかは、かすんだ遊圭の目では追えなか

遊圭は這うようにして、堤防を移動した。ふらつきながらも立ち上がり、よろよろと水門へと歩いた。行く手の堤の内側から泥だらけの手がぬっと伸びて、遊圭は肝を冷やす。ずぶ濡れ泥まみれの人間が、堤防へ這い上がろうとしている。遊圭は即座にその人間を見分けた。

「尤仁!」

遊圭は急いで駆けつけたが、手をうしろでしばられたままなので、手を貸すことができない。

遊圭が見ているうちに、尤仁は自力で堤防に這い上がり、遊圭を見つけて近寄ってきた。しばられているのを見て、腰の短剣を抜いて縄を切ってくれた。水を吸っていたのでなかなか切れなかったが、なんとか自由になった。

「ゆうじ——」

尤仁は泥だらけの手で顔の泥を拭って、遊圭の腕をつかんだ。

「逃げるんだ。やつらが戻ってくる前に。僕たちの任務は終わった。もうここにいる必要はない」

着替えたり、金沙馬や天伯を探しに戻る余裕はなかった。

ふたりともずぶ濡れのまま堤防を下り、そのあたりで草を食んでいた馬を捕まえて飛

び乗り、ひたすら慶城へ向けて走る。

馬を走らせ続けているうちに、水に濡れた服が風で冷え、遊圭は震えが止まらなくなってきた。手綱を握る感覚も失せ、馬にしがみついていることもできず、やがてずるりと馬の背から落ちた。朔露の小ぶりの馬だったせいか、落馬したときにひどい怪我はしなかった。軽い打ち身と擦り傷だ。だが、その痛みの感覚も失いつつあり、軽傷ですんでいるとは断言しがたかった。気力を振り絞って仰向けに転がれば、空の青さとまぶしさに、生理的に湧き上がる涙の滴が目尻からこぼれ落ちる。

遊圭が落馬したことに気づいて引き返してきた尤仁の顔も青ざめ、唇も真っ白だ。駆け寄って遊圭を抱き上げた尤仁の腕も手も、氷のように冷たい。遊圭の意識は朦朧とし、尤仁の顔を見分けることができただけで、引き返してくれた礼を言うことも、頬の筋ひとつ動かすこともできなかった。震えは止まらないのに、体の芯が妙に熱い。

尤仁は遊圭を馬の背に乗せて、風の当たらない灌木の陰に連れて行った。遊圭を地面に横たえさせた尤仁は、馬を灌木に繋ぎ止め、その耳に穏やかなささやきを注ぎつつ、馬の首に自分の頬を寄せた。落ち着かせた馬の首に短剣を柄まで突き立て、一気に切り下げる。切り裂かれた動脈から迸る、熱い血潮が湯気を立てて尤仁と遊圭の上に降り注ぐ。尤仁は逃げようともがく馬の首にかぶりついて熱い血をごくごくと飲んだ。

体の芯が温まる。馬の血潮が全身を巡っているかのように、手足に感触と力が蘇る。

　どさりと横に倒れた馬の腹を、尤仁はためらいなく切り裂いた。もうもうと上がる湯気とともに、耐え難い悪臭が冷たい大気に広がる。尤仁は馬の内臓を掻き出した。ひきずってきた遊圭を、服を剝ぎ取ってその腹の中に押し込む。馬の血で一時的に体温を取り戻した尤仁だが、凍えからくる震えがふたたび襲ってくるのを感じた。自らも濡れて役に立たない服を脱ぎ捨て、遊圭の隣に自分の体を押しつける。

「おぅ。冷たい」

　思わず悲鳴を上げた尤仁は、熱さを保つ馬の脂肪をつかみ出しては、自分と遊圭の体に塗りつけた。

　血臭を嗅ぎつけた胡狼に見つかるのが先か、助けが来るのが先か。尤仁もまた冬の水に潜り、濡れたままの服で荒野を駆けたために、体温が下がり凍死の一歩手前であった。気が遠くなるたびに、短剣で腿や腕を傷つけ、その痛みで意識を保つ。

「子どもが生まれるんだ。こんなところで死んでたまるか」

　紫色の唇から、尤仁は同じつぶやきを何度も繰り返した。

　ひどく揺れる気持ち悪さと、体の節々の痛みに、遊圭は目を覚ます。

　まぶたを開いて最初に目に入ったのは、最後に見たのと同じ真っ青な冷たい空だ。体を動かそうとしたが、動かない。手も足もぴくりともしない。グルシに手足を切り落とされてしまったのかと絶望しかけたが、動かそうと力をいれる手足はあることに気づく。

目を動かしてみると、自分は毛布でぐるぐる巻きにされていた。背中の感触から、板戸か何かに載せられて、どこかへ運ばれているようだ。頬を温かく湿ったもので撫でられてそちらを見ると、天伯が遊圭の顔を舐めていた。

天伯に覆い被さるようにして、天狗も遊圭の髪を舐めていた。

天狗の伝令が間に合い、救援が駆けつけたらしい。

助かったのだ。

ゴトゴトと車輪が地面を踏む音と振動。やっと首を動かして見ると、横にも同じような人間の毛布巻きがある。毛布からのぞいた鼻の形から尤仁とわかる。

「尤仁」

尤仁の頭が少し動いた。

「生きてるよ」

かすれた声が応える。

「生きている」

遊圭は驚きを込めて言ったが、その声はひどくかすれ、心許ない。

馬の腹に突っ込まれたときの温かさを、ぼんやりと思い出した遊圭は、親友の判断と行動に感謝した。

「助けてくれたんだね。ありがとう、尤仁」

「お互い様さ。しかし」

「この臭い」

遊圭は吐きけを我慢して笑った。馬の内臓の臭いが髪にまで染みついて、当分は人前に出られないだろう。尤仁はすまなそうに付け加える。

「荒野で火もおこせず凍死しそうなときは、ああするしかなかった」

「生きる知恵だよ。君がそれを知っていたのは、感謝しかない」

十一、玄月の帰還

死の淵から帰ってきた遊圭と尤仁を、必死の献身で介抱してくれたのは、周秀芳であった。ふたりとも橘真人の邸に預けられて、七日間は寝込んでいたらしい。

「本当に、遊々って昔から変わらないのね。どんどん危ないことに飛び込んでいって、死にかけるの、習い性になってるんじゃない？」

「秀芳さんの舌鋒も、変わらないです。それとも、一層磨きがかかったのかな」

かつてともに医学を学んだ才媛の手当てに、遊圭の健康は速やかに回復していく。

秀芳は以前よりもふくよかになっていた。太医署で座学が多く、余暇も書見と勉学に費やす秀芳は、息抜きのたびについつい甘い物に手が出てしまうせいだろう、と言って笑った。ふっくらとした頬に笑みを湛えて患者の脈を診る秀芳は、壁画の飛天のように優しさと尊さを兼ね備えている。

朝と晩、一日に二度は見舞いに部屋を訪れる真人から、この日までの経過を聞いた。

還御する皇帝の襲撃を企てたのはイルルフクタン可汗であった。可汗帝国の後継者として、氏族連合の支持を得るには、軍功がいまひとつ華やかではないイルルフクタンは、金椛(ジンファ)帝国の皇帝の首が手土産であれば、後嗣としての地位は揺るがぬものになると考えたらしい。

いっぽう、金椛側の作戦は、いくつかの渡河地点を掘削し、水を溜めて沼地に変えて、朔露(さくろ)軍の進路を誘導することであった。さらに、皇帝という餌で手柄にはやる朔露将兵を引きつける。

朔露軍の襲撃を待ちかまえていた江南軍の伏兵は、金椛領へ深く誘い込まれた朔露軍の前後を分断し、その大将首をいくつも取った。

還御の途上にあったはずの金椛皇帝は、捕獲されたイルルフクタンを慶城で迎えたという。

「それにしても大きな魚が釣れた。替え玉でなく、自分で釣りに行きたかったものだが」

と、イルルフクタンを引見した陽元は、蔡太守に漏らしたという。

蔡太守が皇帝を囮(おとり)とする作戦を承認したのは、囮となる皇帝が替え玉であることが条件だった。万が一のことを想えば当然の配慮だ。陽元は慶城から一歩も動いていなかったのだ。むしろあっさり釣られたイルルフクタンが将として単純で無能なのか、そこまでの手柄を必要とするほど、朔露王室内で追いつめられていたのか。

おそらく両方であろうと遊圭は推測した。父親が生涯をかけた大陸制覇という大業を、本国に残されたイルルフクタンはその目で見ることがほとんどなかったのだ。朔露高原では部族間の抗争はあったかもしれない。とはいえ、よほど生得の軍才に恵まれたのでない限り、軍略だの外交といった能力は数をこなし、失敗を重ねつつも、経験で積み上げるしかない。イルルフクタンにはその機会がなかった。

むしろ大可汗の長子であるかれに阿る側近の、耳当たりのいい言葉に慣れていたのだろう。弟のイルコジの甘言に乗せられて、のこのこと皇帝狩りにでかけ、朔露本軍から遠く離れて単独の行動を取った。

そのイルコジも捕獲された。遊圭をいたぶっていた間に、略奪に走っていた兵士らの統率が乱れ、尤仁の起こした洪水に馬を失い、グルシら配下とともに徒歩で北西を目指していたところを、イルルフクタンの護送隊に見つかってしまったのだ。

「なんというか、歴史に残る覇業を成し遂げた大可汗の、長男と末息子の末路の、あまりにお粗末なことだな」

遊圭とともに、真人からあらましを聞いた尤仁はあきれた口調で言った。

ユルクルカタンと朔露本軍は、皇帝狩りどころか南下すら始めていなかったという。それでもイルルフクタンとイルコジの突出と敗北は朔露軍に動揺を与えた。

遊圭は仰臥したまま苦笑する。

「ユルクルカタンそのひとが、数百年にひとりという英雄だからね。親子だからって息子たち全員が帝王の資質を受け継ぐわけじゃない。軽はずみな行動を起こさなかった小可汗の方が多いのだから、イルルフクタンとイルコジが、とりわけ不出来だったのじゃないかな」

長子と末子。

金椛国とは異なり、末子相続が前提の国々もある。朔露などの北狄の民は、末子に家督を継がせる部族も少なくないという。そうであれば、イルルフクタンとイルコジは、どちらが朔露の後継者たるかと、親族や側近といった周囲の思惑に踊らされやすい立場にあったのだろう。

「たぶん、イルコジとイルルフクタンの軽挙には、玄月も一枚嚙んでると思う。勘だけどね。そんな気がする」

講和の文書に仕込まれた玄月の警告を思い出した遊圭は、そうも付け加えた。

「どんな手を使って大可汗の目を盗み、イルコジたちを焚きつけたのか、陶監軍の手管を早く知りたいものだな」

尤仁も遊圭の推測に同意し、くすりと笑った。

陽元は再度の進軍を蔡太守に命じた。

「楼門関、方盤城を奪回せよ。たとえそれが廃墟であっても、我が国土の一部である」

自らもまた甲冑を身につけ、城壁から全軍に号令をかける。

河西軍游騎将軍ルーシャンを先鋒に、江北軍、江南軍、稜東軍、稜西軍、そして皇帝直属の天河羽林軍と、近衛の錦衣兵団。

「天子でありながら、武装して自ら前線に立つ軽率な皇帝として、朕は歴史に名を残すであろうな」

すでに外廷に仕える官僚となった遊圭に、陽元は公式の一人称を使い、まんざらでもなさそうな顔で話しかける。遊圭は内心で苦笑する。

——親征したかったのも、本音だったろうし。

自ら馬を駆って全軍を指揮するという夢は叶えられずとも、こうして将兵とともに在ることに、陽元は感慨を隠さない。金椛軍は、皇帝にもしものことがあっては国が滅んでしまう、という強迫観念と、手柄を立てれば皇帝の目に留まり上司に功績を奪われることなく褒美を賜るかもしれない、という希望から、一兵一兵が必死の働きをした。

とはいえ、さすがに朔露兵は熟練の強兵で、数と勢いで圧倒してもなかなか屈しない。イルルフクタンとイルコジの失敗が、何かの間違いではないかと思うほど、どの部隊も粘り強く戦う。

嘉城から西は騎馬兵に対応した仕掛けはないので、朔露軍は後に引くことのない勢いで攻め、金椛軍の中心を目指していく度も突破を試みる。

金椛側は痛い反撃を繰り返され、そのたびに先鋒を入れ替え、左翼右翼を下がらせては食事と休息をたっぷりとった軍団を投入していく。数の力で押しては、少しずつ西へと戦場を進め続けた金椛軍は、ようやく陽炎のような穹廬の都市を地平に望むところまで来た。

三日目の朝、黎明とともに戦場に臨んだ金椛軍は、昨夜まで荒野を埋め尽くしていたはずの穹廬の群れが忽然と消え、地平線の彼方まで茫漠とした平原が広がっているのを見て啞然とした。

「どういうことだ。煙のように消えてしまった」

陽元のもとに蔡太守と将軍たちが集まり、しばし呆然とする。

「陛下」

遊圭に呼ばれて我に返った陽元は、咳払いをして西の地平を指した。

「前進せよ。楼門関を奪回する」

旧楼門関まではさらに二日、城や楼門がなくなり、無数に並ぶなだらかな丘の群れが目につく風景に、遊圭は感慨を覚えた。

親征軍が野営の準備に進軍を止めたとき、兵の一人が西の地平を指さした。西に傾いた夕日を背に、こちらに進んでくる騎馬の一団を目にしたからだ。

ルーシャンとその配下が迎えに出る。

朔露の旗を持つひとりが一団から前に出て、交渉を申し出た。鎖骨に拳をあてる、奇妙な敬礼をして、ルーシャンに声をかける。

「お久しぶりです。兄弟」

ルーシャンは夕日の影から顔を出した使者を見て、驚きの声を上げた。

「パヤム！　生きていたのか」

朔露に囚われ、官奴の書記官にさせられていた康宇人の青年は、さわやかな笑みを浮かべた。

「御家族を奪還された手際は見事でしたね」

「パヤムも、朔露に囚われていたのか……」

生死も明らかでなかった旧知の出現に、何をどう問えばいいのかと驚くルーシャンに、繊細な顔立ちに黒髪の胡人青年パヤムは、朔露の旗を掲げ、威儀を正して口調を改めた。

「朔露大可汗ユルクルカタンからの要請を告げます。貴国が捕虜としたイルルフクタン可汗とイルコジ小可汗、そしてその配下を返して欲しい。代わりに、当方の捕虜をそちらに返還する」

ルーシャンが一団の中心に目をやると、衣服は胡人の旅装であるが、髪は金椛風に頭頂で髷にして布冠をかぶせた青年が、手を上げて会釈した。

「玄月！」

一団のなかには玄月だけではなく、ラシード隊の面々や郁金の顔も見つけた。知らない顔も胡人ばかりだ。

すぐに伝令が本陣へと飛び、玄月の帰還を耳にした陽元は、天幕を飛び出して馬を急がせ、交渉の場へと駆けつけた。遊圭もその後を追う。

騎乗のまま乱入してきた金椛側の要人に、朔露の交渉団は慌てふためいて隊を崩した。玄月はすぐ横まで馬首を寄せる陽元と目を合わせて微笑み、馬を下りた。地面に膝を突いて叩頭する。

玄月が顔を伏せたまま起立の命を待っていると、陽元は馬から下りて周囲の目も気にせずに膝をつき、地に置かれた玄月の手を取った。

「無事であったか。よく、戻った」

震える声で話しかけ、玄月の肘を支えて立ち上がらせる。

「ルーシャン、蔡太守に伝えよ。可汗でも小可汗でも、全員返してやれ。それから楼門関の再建費は請求せぬ代わり、二度とこの地へ舞い戻るなと、朔露の大可汗に伝えろ」

朔露を知る者には、明らかに一時撤退に過ぎない状況だ。陽元の出した条件の後半は、そんなに簡単には実現すまいと遊圭は思った。しかし、金椛の兵士らが終戦と勘違いして『万歳』を叫びだしたために、この場はとりあえず黙ることにした。

陽元が玄月の肩に手を回して歩く後ろ姿に、遊圭のまぶたは熱くなり、喉が湿ってきたせいもある。

遊圭は蔡太守に従って、捕虜交換の使節に向き直り、戦後処理に入った。

陽元は玄月を連れてさっさと慶城へ帰ってしまい、使節との交渉は蔡太守に任され、使節の数あわせに遊圭は書記を務めるなど、数日は廃墟となった方盤城のそばで過ごさねばならなかった。

事後処理を終えて慶城に戻る道すがら、嘉城や周囲の邑、村落には住民が戻り始めており、あちこちの集落から炊煙が立ち上っていた。

慶城に凱旋すれば、城内には明るく賑やかな空気が満ちていた。

蔡太守の官舎を里下がりの館としている蔡才人を訪れた遊圭は、そこで玄月に再会した。

「陛下について、都へ帰らなかったのですか」

遊圭は少し驚いて訊ねた。春節まで帝都を留守にしてしまった陽元は、大急ぎで還御していたので、玄月はともに帰京していたと思っていたのだ。

「まだ監軍使の役は解かれていない。ユルクルカタンは金椛征服をあきらめたわけではなく、イルルフクタンとイルコジを処罰し、後嗣の問題を片づけるために退いただけだ。いずれ必ず戻ってくる。国境警戒をいっそう厳しくし、朔露の動向を監視し続ける必要がある。監軍の私が、慶城にとどまっていることに、不都合はあるまい？」

うっすらとした微笑を浮かべて、玄月はこともなげに応える。

自分の家にいるかのように落ち着いて席を並べる蔡才人と玄月は、交わす言葉は少ないが穏やかに満ち足りたように見える。

「もう、一緒にお住まいになっているのですか」

遊圭が訊ねると、蔡才人は頬を赤くしてうつむき、玄月は黙って微笑んだ。

何から話したらよいのかと首を傾ける遊圭だが、何も浮かんでこない。あまりにいろんなことがありすぎて、少し時間が経って記憶が落ち着いてきてからの方が話せるような気がした。

しかし、ひとつはっきりさせたいことを思い出す。

「大可汗とイルコジ小可汗に、星公子が慶城にいることを教えたのは、玄月さんですね」

玄月は薄い微笑を絶やさぬまま、応える。

「大可汗に劫河戦の英雄について教えたのは、私ではない。劫河戦について私が話したのは、朔露王家の内訌を画策していたパヤムだ」

「あの、朔露からの使者を務めた、黒い髪の康宇人の方ですか。ルーシャンとは知り合いでもあったそうですね」

玄月はうなずいた。

「ルーシャンの家族が救出されたことを知ってから、パヤムは金椛側に寝返る機会を窺っていたという。私が大可汗の書記官に加えられたときに、好機が巡ってきたと思ったそうだ」

パヤムは使者の役目を終えると、そのままルーシャンの幕僚におさまっている。どういう関係かは知らされていないが、故国が征服されて朔露に仕える羽目になった胡人は無数にいるので、パヤムもそうした康宇人のひとりなのだろう。ラシードとも、昔からの友人であったかのように、仲がいい。

「私は林義仙として、五年も金椛に帰っていないことになっていたので、昨今の戦況について詳しく知っているのは不自然だ。それに、星公子の名は朔露にも聞こえていたぞ。イルコジは劫河戦の後も、密偵を天鋸行路に残して、消息を絶った奇襲部隊とジンの行方を調べさせていたらしい。敗因を知った金椛に対する恨みは激しく、私は金椛人というだけで何度もイルコジに絡まれた。大可汗がグルシに命じて牽制させていなければ、鬱憤晴らしのために一度ならず袋叩きにされていたであろうな。劫河戦を金椛の勝利に導いた星公子が手の届くところにいれば、理性を失って復讐に燃えることは予想された」

「イルコジがわたしへの復讐に目が眩んで、抜け駆けをするように仕向けたのは、玄月さんですね」

遊圭は眉間にしわを寄せて問い詰めた。

「イルコジは劫河戦敗北の失地回復に必死であった。そなたが刺繍に託した作戦では、北天江の北岸で氾濫を起こさせること、大家を囮にして朔露軍を北天江まで引き込むつもりであることと読めた。議親の星公子が金椛皇帝と同行していると、大可汗とイルコジに思い込ませるのが効果的であると、パヤムは考えたのだろう。私は焚きつけるならイルルフクタンであろうと提案して、大可汗や小可汗に意見を求められるたびに煽っておいた。結果的にふたりともひっかかってくれて、効果も二倍だ。大可汗お気に入りの長子と末子が金椛の手に落ちたら、この戦は手を引くほかはあるまい。ほかの小可汗が交渉を拒否して再度の慶城攻めを主張し、粘り強く戦ったのは予想外だったが、イルルフクタンが脱落すれば、手柄を立てた小可汗たちは地位が繰り上がるのだから、当然といえば当然であった」

やはりそうかと遊圭は歯ぎしりをこらえる。

「お、か、げ、で！　わたしはイルコジに捕まって、冬至間近の西沙州で水責めに遭わされて、刺殺されかけたあげく、逃走中に意識を失い凍死するところでした。尤仁が奇襲を生き延びて水門を開けていなかったら、確実にグルシに刺し殺されていましたし、尤仁が荒野で凍死を免れる方法を知らなかったら、十のうち十割で凍え死んでいたでしょう」

両方の拳を握りしめて訴える遊圭に、玄月は目を瞠った。

「それは、すまなかった。だが、そなたが慶城から出ることは、想定していなかった。グルシについて警告しておいただろう？　なぜ敢えて朔露兵がうろついている作戦地帯へ出向いたのだ」

逆に問われて、遊圭は絶句した。玄月の狙いはイルコジの独断と抜け駆けによって、朔露軍の編成を乱すことであった。遊圭が小隊のみを率いて現場にいたことと、イルコジが独自に密偵を放って遊圭の足取りを追わせていたことまでは想定していなかったらしい。

蔡才人——すでに内官の地位は降りているとのことであるので、蔡月香あるいは愛称の小月と呼ぶべきか——はふたりの間に入って双方をなだめる。

「まあまあ。また玄月の言葉が足りないから、とんでもない方向へ話が転がっちゃうでしょう？　少し反省してちょうだい」

「そなたが生き延びていたのは良かった」

玄月が短くそう言ったので、遊圭はとりあえず矛をおさめる。鼻息がおさまるのを待ち、遊圭は話題を変えた。

「尤仁が、松月季にお礼を言いたいそうなんですが、会ってやってくれますか」

玄月は少し眉を寄せたが、「いつでもかまわない」と応えた。

「でも、刺繍の意味を読み取ってもらえて、良かったです」

玄月はうなずき返す。

「そちらの作戦に合わせて、イルコジとイルルフクタンを独断専行するよう仕向けることができたのは、あの壁掛けのおかげだ。シーリーンには礼を言っておいてくれ」

「まあ、刺繍をした人間に、礼はないの？」

小月が口を挟む。玄月は満面の笑みを小月に向けた。

「あれだけの刺繍を短時間でできるのは、小月くらいだろうとは思っていたとも。体を悪くしなかったか」

「花帯を縫い上げるよりは楽だったから、だいじょうぶ」

目の前で戯れ合いだされてはたまらない。遊圭は話を引き戻す。

「とにかく、危険な脱出劇や救出作戦を演じなくても、捕虜交換で堂々と帰ってこれたのはよかったです。無事で！　良かったですね」

自分が死にかけたことは、やはりすっきりとは許せない遊圭は、嫌みたっぷりに祝いを述べた。

「ユルクルカタンは、不出来の息子たちがよほど可愛いのだな。底の深い、恐ろしい人物ではあったが、我が子が弱点であるようだ。特にイルコジのあとは男子が生まれていない。私を交渉に出せば、ふたりを取り戻す手段があると言えば、すぐに送り出された。失敗すれば監視役に殺されていただろうが、その心配はしていなかった」

自分自身が朔露の王族二人分の価値があると言い切る玄月に、遊圭は開いた口がふさがらない。

そのあたりで周秀芳が茶を運んできた。小月にひきとめられ、三人の会話に加わった。秀芳ひとりのまとう空気があたりを和やかにする。

「祝言は、都で？」

話題を未来に向けた遊圭の問いに、小月は不安と期待の入り交じった顔で玄月を見上げる。

「身内だけで挙げる。派手にはしないが、手続きは踏む」

小月は安心の小さなため息をつき、またうつむく。

ふたりの邪魔になっているような気がしたので、遊圭は暇乞いをしようとしたが、玄月に呼び止められる。

「明々と、祝言を挙げていないそうだが」

「沙洋王から縁談が持ち込まれたために、明々の家族が怒って村へ帰ってしまったのです。官位を授かってしまったので、明々を娶ることはもうできません。法律を変えない限り——」

玄月は思案するときの癖で、首をかすかに傾け、指先で鬢のあたりを掻く。

「婚姻法を変えるには中書省の高官になる必要があるが、殿中侍御史はまだあと二、三年は続けねばならないだろう。その後運良く中書省に入れたとしても、法の改正は何年もかかる。もっと手っ取り早い方法があると思うが」

「あるんですか？」

遊圭は身を乗り出して訊き返す。

「明々が官家の養女になればいい。官位の高低は関係ない。極端な話、橘の娘としてでもかまわん」

「橘さんを岳父と仰がないといけなくなりますが」

あまりぞっとしないが、明々と結婚できるのならそれもかまわない気がする。しかし、小月が異論を挟む。

「真人さんがお義父さま？　さすがにそれは遊圭が気の毒だわ。秀芳は媒酌人ならやりたがっていたものね」

小月は秀芳と目を合わせて同意を求める。

「遊々の義母になるのは私もちょっと……」

「叔父様に頼んでみていいかしら」

小月は遊圭に向き直って提案する。

「蔡太守に？」

遊圭は驚き、少し高い声で訊き返してしまった。

「明々は私と義姉妹の契りを交わしているもの。いまだって養女とかわらないわね」

大いにかわると思う遊圭だが、この際その部分はあとまわしでよいと結論した。

「蔡太守さえ、異存がなければ、ですが」

遊圭は無意識に揉み手をして言った。

玄月は無表情に近い曖昧な顔つきになったが、遊圭は小月の垂らしてくれた蜘蛛の糸がまぶしく、玄月が急に黙ってしまったことにも気づかなかった。

遊圭は都へ戻る前に、蔡太守に呼び出された。

「明々を当家の養女に、という件だが。月香の頼みは断れない。玄月はかまわぬというし、李家の両親が同意すれば問題はない。近々、戦後処理の報告と、月香の祝言で帰京するので、そのときにでも養子縁組の手続きをしよう。それでよければ」

遊圭は舞い上がるほどの喜びに、足が地についていない心地をさまよう。しかし、蔡太守の話に、カリッと心にひっかかったものがあり、よく思い出してみる。

「あの、どうして玄月さんの同意がいるんですか」

眉を上げて不思議そうな顔をしたのは、むしろ蔡太守のほうであった。

「月香は、法律上は私の娘となっているのだ。玄月が童試に合格したときに、正式の許嫁とするために、庶人の兄の籍から、私の官籍に移す手続きをすませた。だから、月香と明々が姉妹になるということは、遊圭と玄月は義兄弟になるということだ」

遊圭の周囲から、急に物音が遠ざかる。

「わかっていて、承知したのではないのか」

蔡太守の声もひどく遠くから聞こえる。

——確かに、兄として慕いたい、って言ったけど、あれはその場の勢いというか。

首筋と背中にじわりと汗がにじみ出す。口からでた言葉は、まことに汗のように取り消すことはできないものであった。

終章

体調が整わぬまま慶城で冬を越した遊圭は、雪が融け始めてから帰京の途についた。

都への帰り道、遊圭は明々の村に寄った。李家に寄る前に明々とふたりで話したかったが、明薬堂はずいぶんと前に人手に渡り別の店になっていた。明々の実家ではふたりきりにはなれまいと、残念な思いで李家の門をくぐる。

昼間だったので、清は畑に出ており、家には母親と清の妻子がいた。

「あ、星郎さん。都へお帰りですか」

すっかり李家の嫁の風格を備えた清の妻が、挨拶に出た。遊圭の旅装束ながらも官人の出で立ちに、へりくだったようすだ。

「ええ、あの、明々に、会えるだろうか」

「はあ」と清の妻は応えに困ったふうで、部屋の奥を見やった。

「お義父さんに、取り次ぐことはできますけど」

いまさら会わせてくれというのが、ずうずうしい要求だというのはわかっている。

「なんだ、星郎さん、来てたの」

清のとげとげしい声が遊圭の背に刺さった。そういえば昼食時であった。清が畑から帰ってきたのだ。

思っていたら、だけど」

「なんの話？　姉さんに星郎さんの妾になれとでも？」

「まさか、もちろん、星家の正室に入ってもらうよ。それでちょっと手続きが複雑になるから、御両親の許可が要るんだ。あの、もし、明々がまだ、うちに来てもいい、って思っていたら、だけど」

「うちの両親に話がしたければ、ここで立ち話してないで、中に入ったらどう」

清の提案に、遊圭はありがたく従った。

李家の両親は、複雑な表情で遊圭の話を聞いた。二十代も半ばになろうという娘を養女に出す意味が、よくわからないようだ。ただ、両親の意見ははじめから一致していた。

「明々を娶ってくれるんなら、末永くお願いしますよ」

両親は声をそろえてそう言った。

「ただ、明々はここにいません。都の知人を頼って、そっちで暮らしています。うちにいると、近所や親戚の者があれこれ言いますもので、家に迷惑をかけられないと言って、出て行ってしまいました」

「都のどこに、いるんですか」

遊圭の問いに、明々の両親はかぶりを振った。

「よくわかりませんのです。皇城内の薬種屋だということは、聞いていますが」

それなら探すのは難しくないだろう。帝都の薬種屋であれば気の遠くなる探索だが、皇城内であれば毎日二、三軒訪ねても、ひと月もあれば全部回れるはずだ。場所によっては何軒も固まっているので、一日で五軒以上消化することもできる。

遊圭の恩師、鍼医の馬延なら、何か知っているかもしれない。

ふたたび馬上の人となり、金沙馬の鞍に乗った天伯と、金沙と並んでついてくる天狗に話しかける。

「明々を捜すのは骨だけど、蔡太守がまだ方盤城の復旧に忙しくて帰京できないから、すぐ祝言が挙げられるわけでもない。新居の準備もあるし、ゆっくり捜そう」

しかし、都に戻っても、すぐに薬種屋巡りを始めることはできなかった。まず帰京の報告を陽元に奏上しなくてはならず、侍御史の官署である御史台に着任の挨拶をし、その日から担当の監察事務が振り当てられる。

最初の休日には朝から晩まで皇城内の薬種屋をのぞいて回ったが、収穫はない。

遊圭は食もあまり進まず、また咳がでるようになっていた。実際のところ、凍死しかけてからずっと体のだるさが続いている。春まで慶城で療養していたのもそのためだ。先に帰京していた尤仁も、都で再会して食事をともにしたときは、以前ほどふんばりが利かなくなったとぼやいていた。死の半歩手前までいったのだから、後遺症が残るのは当然かもしれないね、と話し合い、お互いにあまり無理しないようにしよう、と言ってその日は別れた。

馬延に鍼を打ってもらい、行きつけの薬種屋から体質改善の生薬も出されたのだが、以前にも増して小食になったためか、なかなか改善されない。必要な量の食事が摂れていないのだろう。お腹が空くように、鍛錬などしてみるが、こちらもすぐに息が上がって続かない。

「情けない。こんな先細りの半病人と結婚するのは、明々も困るだろうなぁ」

新しい職場に慣れず、忙しさもあって疲れが溜まり、思うほど薬種屋めぐりも進まないまま、春は虚しく過ぎた。

夏は暑さであまり動けず、秋になってようやくそぞろ歩きができるようになった。

まだ皇城の半分も制覇せずにいると、監軍使の任期を終えて帰京した玄月と、休暇をとって都に戻ったという橘真人が連れ立ってやってきた。

不思議な組み合わせもあるものだと思ったが、どちらも遊圭と明々の祝言に縁があるのだから、当然と言えば当然かもしれない。

「明々が都のどこにいるかわからないんです。捜してはいるんですが、仕事は休めないし、体調も安定しなくて――」

生気のない顔色と声音で、遊圭はふたりに打ち明けた。玄月は眉を上げてあきれ声を出す。

「明々の勤め先を、小月から聞いていなかったのか」

「小月さんが知っているんですか」

互いに啞然とするふたりを、真人がやれやれといった風情で眺める。

「おふたりは何をやっているんですか。遊圭さんはなんでもひとりで背負い込みすぎですし、玄月さんはもう少し気を回して、折々に書簡を出して遊圭さんのようすを訊ねるとかですね、したらどうなんですか。義理の兄弟におなりになるんですから」

真人の説教に、遊圭と玄月は微妙な表情を見せた。

「居場所を知らずとも、明々は天遊を連れて出たのだろう？　天狗や天伯に捜させればいいではないか」

「それも考えたんですが、どういうわけか天狗が動きたがらず……ホルシードのときもそうでしたが、焼きもちを焼いているのかな」

三人は期せずして同時に嘆息した。

「小月は、実家にいづらければ、陶家の親戚筋を頼るように明々に言ったそうだ。薬種屋だから、蔡家の紹介なら喜んで雇ってくれるだろうということだ。このあと、私もそこへ行く予定だから、そなたも来るといい」

明々を迎えに行くのに、玄月に同伴されるのは気が進まなかったが、真人もついてくるようなので、それもよいかと思った。都に帰って半年も経つのに、明々を見つけられなかった情けなさで、だんだんと会うのが怖くなっていたこともある。

先を行く玄月の歩調についていくのは大変だった。ずいぶんと体が弱っているようだ。しかも陶家の親戚筋の薬種屋は、星邸とは宮城を挟んで反対側にあるらしい。歩いても歩いても近づけない気がする。金沙馬でくれば良かったと思ったが、すでに遅い。

宮城を通り過ぎ、さらにその東側へと進んでいるうちに、遊圭の足が急に重くなる。

「あの、ここは」

遊圭はざわざわと嫌なものが背中を這っていく感触に身震いした。

「どうした」

「どうしました？　少し休んでいきますか」

玄月と真人が同時に振り向いて、遊圭の体調を尋ねる。

「あの――」

遊圭は喉の渇きを覚えて、唾を飲み込んだ。

この先は見覚えのある街区であった。昔、星家の邸宅があった官邸街だ。

気分が悪くなって、汗が滲む。唾が苦い。

陶家ゆかりの薬種屋ということは――

天狗が明々を捜しに行きたがらなかった本当の理由――

めまいで頭がぐらつく。

「その薬種屋の主人は、女の人ですか」

「そうだが？」

遊圭は咳が出そうになって、慌ててあたりを見回した。近くにある茶楼に寄り、薬を飲みたいと言って、ふたりの返答を待たずに茶屋の長椅子に腰掛けた。

薬を飲んで動悸とめまいが落ち着いてから、あたりを見回せば、この茶楼のたたずまいにも見覚えがある。

明々と初めて会った街区だ。そのときは敏童という名で呼ばれていた、まだ少年の竹生と、幼い阿清、そして少女の明々。

「明々が住み込んでいるのは、陶蓮さんの薬種屋ですね」

「陶蓮を、知っているのか」

意外そうに訊き返す玄月の低く透き通った声を遠くに聞きながら、これ以上は足が進まない理由をどう説明すればいいのか、遊圭は思いつかない。

信頼していた大人に、最初に裏切られた記憶が、生々しく蘇る。天狗との別離、錦衣兵に追われて、塀から飛び降り――

明々は知らないのだ。小月も、知らないのだろう。陶蓮が、どういう人間であるのか。玲玉が皇后に選ばれたら、遊圭だけでも族滅を免れるようにと、陶蓮は両親に頼まれていた。頼りにしていた親戚が零落して、傾いた陶蓮の店を援助したのが遊圭の両親だったのに。

その陶蓮が頼りにしていたが落ちぶれた親戚というのは、玄月の一族だったのかと納得がいく。一度は弾劾されて勢いを失った陶家だが、玄月の父親が宦官となる道を選び、宦官の最高位である司礼太監となってからは、並の官僚よりも高い地位と収入を得た。

そうか、だから陶蓮は――星家を捨てたのだ。

顔も思い出せないのに、名前を思い浮かべるだけで苦い唾が湧く。

「どうした。体調がすぐれぬのなら、別の日にするか。話だけは明々に伝えておくが」

遊圭は額ににじむ汗を袖で拭いて、玄月を見上げた。

「なんだか、玄月さんに優しい言葉をかけられると、変な気がします」

少しの間を置いて、玄月は説明を加えた。

「陶蓮の店には、私も用がある。ついでがあるのだから、明々に伝言があれば伝えておくという意味だが」

「薬を買いに行くんですか」

「小月の子を、迎えに行く。父が小月の子を陶蓮に預けたのだ。小月が明々に陶蓮の店を紹介したのは、そういう事情もあったようだ」

遊圭はさっきまでの気持ちの悪さが消えていることに気づいた。薬を飲んで少し休んだら、気力が回復したようだ。

陶蓮に会いたくない気持ちに、明々に会いたい気持ちが負けるのは癪だ。

「もう大丈夫です。わたしも蔡才人――小月さんの赤ん坊を見たいです」

「僕もですよ。秀芳にちゃんと見舞ってくるように、念を押されていますし」

遊圭のまとった緊張に、口を出せないでいた真人が、安心したように相槌を打った。

「歩くのがつらかったら、僕の肩にすがっていいですよ。駕籠が通りかかったら呼び止めましょう」

遊圭はにこりと笑う。

「駕籠は大丈夫ですが、肩は貸してください」

身長のあまり変わらない真人の肩にすがるのは、たしかに楽だ。

いくらもいかないうちに、陶蓮の店が見えてきた。薬種屋の看板も、十年前と変わらない。シーリーンはなんて言うだろう。

遊圭がためらううちに、玄月はすたすたと店に入っていった。中から聞こえてきたのは、明々の陽気な声だ。

「あらー。玄月さん。いつお帰りになったんですか。遊々は元気にしています？」

一番最初にそれを訊いてくれるのかと、遊圭は胸がいっぱいになる。明々は遊圭と婚約していたことを陶蓮に話したのだろうか。陶蓮は星遊圭が生き延びたことを知っているだろうか。遊圭の胸はますます苦しくなる。

店番をしているのは明々だけのようで、玄月は挨拶も省略して会話を始める。

「体調を崩しているようだ。昨年の終わりに朔露に捕まり、拷問を受けたのがたたって、体が本復しないらしい」

「拷問？　え、朔露に捕まったって、どういうことですか」

悲鳴に近い声で、訊き返す明々。同時に赤ん坊の泣き声がする。

「冬至のあたりで水責めに遭って、そのせいで凍死しかけたそうだが生還した。ずいぶん前に都には帰っている」

奥から誰か出て来た気配に続いて、陶蓮の声がした。

「あらあら、赤さんが泣き止まないと思ったら。玄月さんでしたか。お帰りなさい。赤さんを引き取りに来たんですか。いくらお父さんになる人だからって、赤さんにとっては初対面の知らない人間なんですから、いきなり抱っこしたら赤さんだって怖がって泣き止みませんよ」

遊圭の心臓がぎゅっと締まる。赤ん坊が泣き止んだのは、明々か陶蓮が抱き取ったのだろう。

「すぐに慣れないというのなら、明々にうちに来てもらうと助かる。小月もその方が喜ぶだろう」

「祝言もこれからなのに、せっかちなことですねぇ。じゃあ、明々さんの荷物はあとで小者に送らせますから、明々さんは赤さんの道具を持って、小月さんに会ってらっしゃいな。こっちの店に帰って来るのは、いつでもいいから」

「ありがとうございます。陶蓮さん」

店の前に立ち尽くして動かない遊圭に、真人が気遣わしげに声をかける。

「あの、お店に入らないんですか。明々さんが世話になった薬種屋の奥さんに、挨拶とか」

陶蓮が玄月と明々を見送って出てきそうだったので、遊圭は急いで二軒離れた店の軒下へ移動した。

「何やってんですか、遊圭さん」

「いや、いままで思い出したこともないのに、どうしてこんなに動揺するのか、自分でもよくわからなくて。あの陶蓮は、叔母(おば)さまが皇后にお立ちになったとき、族滅法で追われることになったわたしを、錦衣兵に売り渡した人なんだ。とても明々が世話になってありがとう、って言う気持ちになれない」

陶蓮の店から出てきた玄月が、遊圭を捜しているのか辺りを見回している。

「ねえ、玄月さん、遊々の体調が悪いとか拷問とか、何があったんですか」

「本人から聞けばいいと思ったのだが——ここに来るのも具合が悪く休みながらだったのだ。その辺で休んでいるのではないか」

「遊々が！　ここに来てるんですか！」

大きな赤ん坊を抱いたままキョロキョロしだす明々に、真人が出て行って「こっちです」と声をかけた。

「かなり悪そうだな。父の持ち家が近くにある。休んでいくといい」

陶太監は皇城内に何軒も家を所有している。玄月はいつか遊圭を招き入れた家屋と同じような家に三人を連れて行った。

陶蓮と顔を合わせずにすんで気持ちの落ち着いた遊圭は、あらためて明々と対面することができた。

「陶蓮さんの店は、蔡さんの紹介だそうだけど……その、わたしと婚約していて、いろいろあったことは、陶蓮さんは知っているの？」

おそるおそる訊ねる遊圭に、明々は首を横に振った。

「話してないよ。話す必要なんかないじゃない。薬師の修行ってことで、雇ってもらってるの。住み込みで助かった！」

それよりも、と明々は顔を近づけて、遊圭の頰を両手ではさみこんだ。

「大変な目に遭ったそうね。何も知らなくて、ごめんなさい」

死ぬところであったと知った明々は、ほろほろと泣き出した。

「あ、うん。でも、生きてるから。堤に放り込まれたり、首をとばされかけたり、あげくに服が濡れたまま逃げたから、荒野の真ん中で凍死しかけたりもした。尤仁に腹を割いた馬の腹に突っ込まれて凍死は免れたけど、しばらく臭いがとれなくて大変だったよ」

遊圭が苦笑いしながら、しどろもどろに説明しているうちに、明々はますます涙をあふれさせる。

「何を笑いながら話しているのよ！ なんて無茶をしたの。そんな大変な目に遭うって知っていたら、一日だって、離れたりしなかったのに。ごめんなさい。勝手にいなくなって」

そんなことも、もはやどうでもいいような気がする。ここに明々がいて、本音では一日も離れたくはなかったのだと言ってくれただけで、充分だった。

「冬の間は、この襟巻きがずっと暖かかった。いつか迎えにいってもいいんだよな、ってずっと自分に言い聞かせていたんだ。すぐにでも、明々を正室に迎えることができる方法を見つけた。といっても、蔡太守が帰ってこないと手続きを終えられないけど」

「そうなの？　郡主のお輿入れはどうなったの？」

「陛下が断ってくれた。有力者との政略結婚は、いいことばかりじゃない。あと、郡主はわたしが陛下の打診を即座に断ったその場にいたらしいんだ。だから、納得して帰ってくれたらしい。『ほかの女が眼中にないのはよくわかった』って叔母さまに話したらしい」

引き合わせの場で目を合わせるどころか、互いの顔すらまともに見ることもなかったのだから、見合いそのものが成立しなかったというのが実情でもある。

「うん。私、信じてた。ほら、竹生にことづけてくれたこれ、毎日肌身離さず持っていたんだよ」

明々は懐から大きめの守り袋を引っ張り出した。中から紫苑と桔梗の押し花を出す。

「ああいうときって、大騒ぎしたり、強引に物事を進めたりすると、もっとおかしなことになるって思ったから。少し時間と距離をおこうと思っただけなのに、ずいぶんと会えなくなって、都に帰ってから後悔した。その間に、二度と会えなくなっていたかもしれないのに、本当に馬鹿だった。ごめん」

「わたしが不甲斐なかったんだ。しかも、いままでよりもずっと体が弱くなってしまった。夫としてだめかもしれない。それでよかったら、結婚してくれないか」

明々は頰を赤く染めて遊圭の冷たい頰に触れる。

「もちろんよ。ずっと一緒にいて、また元気になるように、薬食もちゃんと勉強していこうね。真人さんが都勤めになったら、秀芳さんが立ち上げる女医薬大学も受講したい」

「わたしも、受講したいな。医薬の学問が半端なままだから」

いずれは陶蓮の店に明々と挨拶に行かねばならないが、遊圭はいまのところは深く悩まないことにした。玄月に事情を話せば、それとなく陶蓮に遊圭の現状と明々との関係を伝えておいてくれるだろう。

再会するときに、動揺したり、取り乱したりしないよう、せめて具合を悪くすることのないよう、気持ちの整理をしておこうと遊圭は思った。

いつまでも話が終わらない遊圭と明々の隣の部屋で、玄月が茶瓶で湯を沸かしている間に、真人は赤ん坊をあやしている。真人とも初対面のはずであるのに、赤ん坊はきゃっきゃと笑い声を上げながら、真人によく懐いていた。

☆　　☆　　☆

星遊圭の義理の父となる蔡太守が帰京したのは、年が明けて春も半ばのことだった。

梅はまだ満開で、桃や杏も華やかな花を広げ、穏やかな季節を艶やかに飾りたてる。

　星遊圭は緑衣の袍に、帯は婚礼用の銀。冠には礼装用の銀の笄を刺して固定する。

　李明蓉は赤地の絹に金糸銀糸と薄紅から濃紅、淡い緑に彩られた春の樹花と、裾から背中へと羽ばたく双鶴の曲裾袍。頭には金の簪、銀の歩揺、鼈甲の櫛に、瑠璃の小鳥の飛び交う小冠。

　薄紅の面紗で頭から肩まですっぽり覆い、義姉の蔡月香の介添えによって蔡太守の邸を出て、花をあしらった車に乗り込む。蔡太守の邸宅から、星邸まで続く長い花嫁道中を、稲穂のように明るい白茶の金沙馬に乗って先導するのは、先の朔露戦で功績に次ぐ功績を重ねて、二十歳で殿中侍御史を拝命した星公子。

　星公子のすぐうしろを、大きな灯籠を捧げ持ってゆくのは潘竹生、そのあとに星家の使用人たちが、花嫁道具といくつもの小さな灯籠を捧げ持って続く。天狗と天伯、天月、天遊の仔天狗は、人間たちの足下を走り回り、車に飛び乗ったりとおおはしゃぎ。祝い品を持って並ぶ友人知人同僚の列は長く長く続く。

　ずっと先まで都の語り草となる、華やかな嫁入り行列だったという。

　花嫁を迎える星家の母堂は、麦藁色の髪を結い上げた異国の女性シーリーンだが、異を唱える者は誰もいない。

　橘真人と周秀芳の媒酌で、星家の家廟の前で夫婦の誓いと杯を交わし、今生も来世も夫婦の契りを固めて。

　家政の趙婆と家令の趙爺の、若奥様のおなりと呼ばわる声がして、新郎と新婦は最後の手続きを果たすために邸の奥へと消える。

あとは新郎が表の広間へ出てきて祝儀に集まった友人知人隣人らに、星家の新しい始まりを感謝の言葉を添えて告げるまで、延々と宴が続くのだ。


そのころ宮城の奥では、皇帝陽元が皇后の玲玉の宮を訪ねて、祝儀の杯を酌み交わしていた。

「民草はこのようにして、伴侶を迎えるのだそうだな」

「先祖の廟に参ったり、みなさまにご挨拶したり、いろいろと手続きはあるそうですが」

玲玉は慈愛に満ちた微笑みで応じる。

「詳しいのだな」

「昔は、そういう光景をよく見ました」

「そう考えると、後宮の妃たちは儀式らしいものもなく閨に侍るのだな。味気ないのではないか」

玲玉はころころと笑う。

「わたくしたちは日頃から花嫁衣裳を着て、庶民が正月か祝言のときにしか身につけない簪で着飾っているようなものですけども。たしかに閨のお勤めに祝い事のしきたりのようなものがないのは、さみしいことです。それではこれからは、初めて閨にお召しになる方には、それらしい儀式を作ってあげてはどうでしょう」

「『華燭の典』というほどに派手でなくても、相手の顔を見て、どんな相手か知ってから寝所をともにしたいものだ」

少し寂しそうに、そして同時に愛おしそうに夫を見つめて、玲玉は微笑む。

「そうしてさしあげてください」

祝言であれば一献から三献の杯を交わすだけであるが、陽元はさらに杯を重ねる。

「紹や游が、ひとりの女にこだわるのを見ていて、そういうのもいいかもしれんという気がしてきた。そなたとは、来世でそのようにできるといいな」

はっと目を瞠り、戸惑いのまばたきに唇を震わせた玲玉は、潤んだ目尻に白い指をあてて小さくうなずく。

「そのときは、よろしくお願いしますね」

金椛武帝十年　星公子伝

あとがき

篠原悠希

本巻をもって、「金椛国春秋」本編は完結します。

最後までお読みいただき、どうもありがとうございました。

本書をお買い上げくださった読者の皆様、素敵な装画を描いてくださった丹地陽子様、本作のシリーズ化にご尽力いただいた担当編集者様に、心からの感謝を申し上げます。

金椛国は架空の王朝です。行政や後宮のシステム、度量衡などは唐代のものを、風俗や文化は漢代のものを参考にしております。

なお、作中の薬膳や漢方などは実在の名称を用いていますが、呪術と医学が密接な関係にあった、古代から近世という時代の中医学観に沿っていますので、必ずしも現代の東洋・西洋医学の解釈・処方とは一致しておりませんということを添えておきます。

参考文献
ＮＨＫカルチャーラジオ『漢詩をよむ　信　ゆるぎない絆　ともに生きる人』ＮＨＫ出版

比翼(ひよく)は万里(ばんり)を翔(かけ)る

金椛国春秋(きんかこくしゅんじゅう)

篠原悠希(しのはらゆうき)

令和３年　２月25日　初版発行
令和６年　12月５日　再版発行

発行者●山下直久

発行●株式会社KADOKAWA
〒102-8177　東京都千代田区富士見2-13-3
電話　0570-002-301（ナビダイヤル）

角川文庫 22553

印刷所●株式会社KADOKAWA
製本所●株式会社KADOKAWA

表紙画●和田三造

●お問い合わせ
https://www.kadokawa.co.jp/（「お問い合わせ」へお進みください）
※内容によっては、お答えできない場合があります。
※サポートは日本国内のみとさせていただきます。
※Japanese text only

ISBN 978-4-04-109682-6　C0193

◆◆◆

角川文庫発刊に際して

角川源義

第二次世界大戦の敗北は、軍事力の敗北であった以上に、私たちの若い文化力の敗退であった。私たちの文化が戦争に対して如何に無力であり、単なるあだ花に過ぎなかったかを、私たちは身を以て体験し痛感した。西洋近代文化の摂取にとって、明治以後八十年の歳月は決して短かすぎたとは言えない。にもかかわらず、近代文化の伝統を確立し、自由な批判と柔軟な良識に富む文化層として自らを形成することに私たちは失敗して来た。そしてこれは、各層への文化の普及滲透を任務とする出版人の責任でもあった。

一九四五年以来、私たちは再び振出しに戻り、第一歩から踏み出すことを余儀なくされた。これは大きな不幸ではあるが、反面、これまでの混沌・未熟・歪曲の中にあった我が国の文化に秩序と確たる基礎を齎らすためには絶好の機会でもある。角川書店は、このような祖国の文化的危機にあたり、微力をも顧みず再建の礎石たるべき抱負と決意とをもって出発したが、ここに創立以来の念願を果すべく角川文庫を発刊する。これまで刊行されたあらゆる全集叢書文庫類の長所と短所とを検討し、古今東西の不朽の典籍を、良心的編集のもとに、廉価に、そして書架にふさわしい美本として、多くのひとびとに提供しようとする。しかし私たちは徒らに百科全書的な知識のジレッタントを作ることを目的とせず、あくまで祖国の文化に秩序と再建への道を示し、この文庫を角川書店の栄ある事業として、今後永久に継続発展せしめ、学芸と教養との殿堂として大成せんことを期したい。多くの読書子の愛情ある忠言と支持とによって、この希望と抱負とを完遂せしめられんことを願う。

一九四九年五月三日